# 百万石の賭け

剣客大名 柳生俊平 12

麻倉一矢

二見時代小説文庫

目次

# 百万石の賭け——剣客大名 柳生俊平《としひら》12

百万石の賭け──剣客大名　柳生俊平12・主な登場人物

柳生俊平《やぎゅうとしひら》……柳生藩第六代藩主。将軍家剣術指南役にして茶花鼓《ちゃかぽん》に通じた風流人。

伊茶《いさ》……浅見道場の鬼小町と綽名された剣の遣い手。想いが叶い俊平の側室となる。

鶴次郎《つるじろう》……大坂堂島の米問屋、加島屋《かしまや》の江戸店の番頭。柳生道場で切り紙《がみ》の腕前。

森脇慎吾《もりわきしんご》……柳生藩小姓頭。実直な男であるが巷の賑わいが好きな意外な一面を持ち合わせる。

前田直躬《まえだなおみ》……藩祖前田家の流れを汲み加賀八家と呼ばれる重臣団の筆頭格。

前田吉徳《まえだよしのり》……加賀藩藩主。父の代から藩の財政改革に取り組む。

大槻伝蔵《おおつきでんぞう》……藩主の片腕として財政改革を行なう、もと御居間坊主。

梶本惣右衛門《かじもとそうえもん》……服部半蔵の血を引き、小柄打《こづか》ちを得意とする越後高田藩以来の俊平の用人。

本多政昌《ほんだまさあきら》……加賀藩では異例の五万石を与えられている、幕府に任ぜられたお目付役。

大樫段兵衛《おおがしだんべえ》……筑後三池《ちくごみいけ》藩主・立花貫長《たちばなやすなが》の異母弟。兄と和解し、俊平の義兄弟となる。

一柳頼邦《ひとつやなぎよりくに》……伊代小松《いよこまつ》藩一万石藩主。一万石同盟を結び義兄弟となる。

喜連川茂氏《きつれがわしげうじ》……公方様《くぼうさま》と称される足利《あしかが》家の末裔の喜連川《きつれがわ》藩主。一万石同盟に加わる。

市川団十郎《いちかわだんじゅうろう》……大御所こと二代目市川団十郎。江戸中で人気沸騰の中村座の座頭《ざがしら》。

荒又甚右衛門《あらまたじんえもん》……門弟一千人を越える直心陰流道場主。柳生新陰流に私怨を抱く。

玄蔵《げんぞう》……遠耳の玄蔵と呼ばれる幕府お庭番。吉宗の命《めい》により俊平を助ける。

# 第一章　無料の握り飯

## 一

「これは、なんとも賑やかな店先となったな」

柳生《やぎゅう》藩主、将軍家剣術指南役《しなんやく》柳生俊平《としひら》は、そう言って側室の伊茶《いさ》と顔を見あわせカラカラと笑った。

元文《げんぶん》の頃、江戸では女が酒も呑ませる煮売り屋《にうりや》に足を運ぶなどきわめて稀《まれ》であったが、ふたたび剣術の稽古を始めるようになった伊茶の男装姿なら、店内の風景にも溶け込んで、さして違和感がない。

化粧《けしょう》もなく、刺子《さしこ》の入った木綿《もめん》の稽古着に紺袴《こんばかま》。髪は後方にひっ詰めて無造作にくくっている姿は、ちょっと目には青年剣士のようで、じつに潑剌《はつらつ》としている。

〈大見得《おおみえ》〉の店先では、店の女が大きな籠《かご》に握り飯をならべ、せっせと表に運んでいた。

中村座《なかむらざ》のある堺町《さかいちょう》の芝居茶屋《しばいぢゃや》がずらりと並んだ大通りの端の辺り、砂塵《さじん》の舞う店先に通行人が群がって、その握り飯を取りあっているのだ。

どうやら、ただで配っているらしい。

「ずいぶん、賑やかにやっているな」

女将《おかみ》のお浜《はま》が、大きな籠にたまった握り飯を、板場から運び出してきた。俊平が呼びとめて声をかければ、

「あ、これは柳生さま」

腰をかがめて俊平に挨拶《あいさつ》すると、今度はめずらしそうに伊茶にも顔を向け、微笑《ほほえ》んだ。

「町の衆に、おにぎりを振る舞っているんでございますよ。おかかに梅干《うめぼ》し、ひじきもございます」

お浜が、伊茶にも愛想笑いを浮かべて言う。

「それ、ぜんぶをかい？」

俊平が驚いたように問いかえせば、

「ええ。中村座の大入り満員を祝って、ということでございますが、じつはこのところ、お米の値がずいぶんと下がってきたんで、お店の売り込みも兼ねてこうしているところなんです」

「なあるほど、あいかわらず、お浜さんは商売上手《じょうず》だね」

俊平は、ふむふむと納得し、伊茶と顔を見あわせうなずいた。

お浜が籠を持って入り口に立つと、また大勢の通行人が店先の平台に群がり、握り飯に手を伸ばす。

「それにしても、たいそう旨《うま》そうじゃないか」

俊平が、通りがかった店の娘に言えば、

「うちのは、とびきり旨いモンですよ。柳生さまも、いかがでございます」

誘われて、俊平と伊茶も〈大見得〉特製握り飯を、振る舞ってもらうことにした。

「さあ、どうぞ」

入れ替わり、お浜が盆に載せて握り飯を運んでくる。

海苔《のり》を巻き、綺麗《きれい》に三角形ににぎった飯を、二人揃って口に運べば、飯の歯ごたえ、具の旨さがこたえられない。

「ほう、これには浅利《あさり》の佃煮《つくだに》が入っている。けっこう贅沢《ぜいたく》な一品だな。これを、ただでふるまうとは、豪気だね、お浜さん」

握り飯を頰《ほお》ばりながら、俊平が言えば、

「あさりは、九十九里《くじゅうくり》産です。それを、佃島《つくだじま》の衆が佃煮にしたそうで」

お浜はそう言って、ちょっと自慢げに笑ってから、

「といっても、こんなこと年に何度もできません。しかも、お米が安くなってる今だからできるんです」

お浜はそう言いながら、二人の前に来て腰を下ろした。

赤い前掛けは新調したばかりのようで、目にまぶしい。

「それほど米の値が安くなっているとは、知らなかったぞ。米はたしかに安くなればなるほど、庶民は助かるからな。だが、われわれ無駄飯ぐらいの侍どもは、それだけ瘦《や》せ細るという寸法なのだよ」

俊平が、少し苦笑いを浮かべながら、ぼやいた。

それは道理で、武士階級の俸禄《ほうろく》は米価で決まっている。米の値が安くなれば、領地で収穫される年貢米《ねんぐまい》の量は同じでも、米を売った後に武士の懐《ふところ》に残る金は、少なくなるという理屈である。

「そうそう。お侍さんの給金は、お金じゃなくて、お米なんでしたね」

お浜が、俊平に同情して眉《まゆ》を顰《しか》めてみせた。

「そうなのだよ。領地から上がってくる米を、いったん大坂《おおさか》の堂島《どうじま》というところに持っていって、売りに出す。といっても、今は実物の米を移動させることなどはせず、米切手《きって》という取り替え券を売るのだけどね」

「へえ」

お浜は、半ば納得しつつ首をかしげ、

「よくわからないけど、便利になってるんですね。米俵をいちいち大坂まで運んでいたら、そりゃ大変でしょうから」

「そうなのだよ。今じゃ、話がもっと複雑になっていて、米切手の売買で相場が立ち、値が動くのさ」

「なんだか、わけがわからない」

お浜はそう言いながらも、どこか面白がっている。

「もう、売りと買いの博打《ばくち》だよ。大坂堂島の米相場の値が全国に広がって、米の値が決まっていく」

「つまり、今お米が安いということは、米相場の値が下がってるわけですね」

そこだけは得心できたか、お浜は考え込んだあげく、また首をかしげた。

「そうだ。西国《さいごく》の飢饉《ききん》も去って、しばらくの間、豊作がつづいているからね。米は余り気味なのだよ」

「なるほど、いろいろ諸国の事情があって、江戸の米の値が上がったり、下がったりするんですね」

お浜は、それなりに得心できたか、やおら立ち上がったが、

「それにしても、米で侍を食わせていく今の幕府のやり方が、いつまでつづくか、私には疑問だがね」

俊平が、お浜を追いながら言い足すと、

「え、それ、柳生さま、どういうことです？」

お浜は、また俊平の側にしゃがみ込んだ。

「つまり、米だけの値で生活する時代は、去りつつあるように思うのさ。もう、米の値だけで幕府の金の価値をととのえるのは難しくなっている」

「そうですね。お金のやりとりのほうがずっと活発ですからね」

「幕府は今、一生懸命米の値を上げようと工夫しているが、なかなか上がらない。商人《あきんど》の活動がさらに活発になれば、やがては商人が米の相場の支配権を握るようになるだろう。いやもう、その時代は来ているのかもしれない」

「ということは、商人が中心の世の中になっていくってことですね」

お浜は、ちょっと胸を張るようにした。

自分も、商人の代表の気分らしい。

「反対に、武士はみな貧しくなっていくかもしれないよ」

俊平はちょっと気を落として言った。

「でも、それではお侍さまは困りますねえ」

お浜はわかったような、わからなかったような顔をして、俊平に笑いかえすと、店の表の暖簾《のれん》が二つに割れて、商人風の男が店に入ってきた。

見たことのある顔だと眺めていると、男は俊平を見てペコリと頭を下げた。

手に竹刀《しない》袋を提げている。なりはたしかに町人だが、竹刀袋を提げているところは武士のようで、珍妙であった。道場の帰りのようである。

「あれは、鶴次郎《つるじろう》殿ですね」

隣の伊茶が、俊平に体を近づけて言った。

「鶴次郎……？」

「先日、柳生道場で切り紙《きがみ》を与えた者でございます。なんでも、米問屋《こめどんや》の番頭を長らく務めておるそうですよ」

連日のように道場に出ている伊茶は、鶴次郎をよく知っているらしい。

商人風の小さな髷《まげ》を頭にちょこんと乗せた柔和《にゅうわ》な顔立ちの男で、なるほど、どこから見ても商人である。

「ああ、あの男」

俊平も、ようやく思い出した。たしかに鶴次郎は柳生道場の門弟で、俊平も何度か見かけたことはある。しかし通《かよ》いでやってくる門弟を、一人ひとりつぶさに覚えているわけではなかった。

「大坂堂島の米の大店《おおだな》の、江戸店の番頭らしいですよ」

伊茶が言った。

近頃は町人までが剣術を始めるようになっているが、将軍家指南役をつとめる柳生道場では、まだ町人の門弟は少なく数人を教えるのみである。

鶴次郎は、腕が立つわりには道場に現れる日がかぎられており、俊平も見かけることはあまりなかったので、失念していたのであった。

「あの者、近頃すこぶる腕を上げてきております」

伊茶は、贔屓《ひいき》しているかのように鶴次郎の腕前を俊平に伝えた。俊平は、鶴次郎を初めて会うかのようにあらためて見かえし、

「たしかに出来そうだの」

と、鶴次郎の挙措《きょそ》に目を据えたまま、伊茶に漏《も》らした。

身のこなしは侍さながらで、歩はこびに乱れがなく上半身が安定している。

まだ〈切り紙〉程度なので、腕は目立つほどではないが、剣才はじゅうぶんらしく、
これからが楽しみな男、と伊茶がまた耳打ちした。

「鶴次郎、これにまいれ」

俊平は、手招きして呼び寄せ、

「どうじゃ、ともに飲まぬか」

と、誘いかけた。

道場主で柳生藩藩主でもある俊平からの誘いに、鶴次郎は遠慮深い眼差しを向け、
どうしたものかと考えあぐねているようすであったが、

「鶴次郎さん、いらっしゃいな」

伊茶もさらに誘いかけると、

「ほんとうに、いいんですかい」

遠慮がちにそう言って、俊平を見かえし、ようやく近づいてきた。

「今、伊茶からおぬしの話を聞いたところだ。このところ、腕がめきめき上がってお

るそうだの」

俊平が励ますように言うと、鶴次郎が微笑《ほほえ》んだ。

「あ、いえ。まだまだでさあ」

鶴次郎は、照れたような笑みを浮かべて、

「でも、剣術は愉《たの》しくてやめられません」

正直そうな口ぶりで言う。

町人の口から、剣術が面白い、などと言うのを、俊平は初めて聞いたが、それが妙に嬉しくもなり、

「そうか。剣術は面白いか。ならばまずは飲め」

俊平は、ちろりの酒を鶴次郎にグイと差し出した。

鶴次郎は、注がれた猪口《ちょこ》の酒を一気に飲み干し、

「柳生様のじきじきの酌《しゃく》で飲む酒は、なんとも格別でございます」

と、素直に喜んだ。

「して、剣術のどういうところが面白いのか」

「へい。工夫しだいで、いろいろ技が思いつくもので。そこが、なんとも面白うございます。一本取れた時は、もう有頂天《うちょうてん》になります」

鶴次郎は両手を振って、袋竹刀を振り下ろす仕種《しぐさ》をしてみせた。

なるほど、手首の返しが機敏そうである。

剣術を、心から楽しんでいるようすがわかる。

「そんなにつぎつぎに、技が思いつくのか。たしかにおぬしは、剣術の才がありそうだな。これからが楽しみだ」

伊茶を見れば、うなずいている。

「もちろん、柳生新陰流《しんかげりゅう》にも沢山《たくさん》の技がございます。まだ教えてもらっていない技も山ほどあるんでしょうが、私だって考案します。それで相手に立ち向かうと、これがけっこう勝てるんで。それが、なんとも嬉しいんでございますよ」

「これは驚いたな。鶴次郎は、あるいは新陰流流祖上泉信綱《かみいずみのぶつな》様に匹敵する才能の持ち主やもしれぬぞ」

俊平は刮目《かつもく》して猪口の手を休め、鶴次郎を褒《ほ》めた。

「まあ、それほどでも、ありませんが……」

鶴次郎も、酒の席の冗談と感じているのだろうが、褒められてまんざらでもない気分らしい。

「鶴次郎の剣はじつに自在でございますよ。町人剣法は、流儀にとらわれることなく、瞬時の閃《ひらめ》きを採《と》り入れ、その都度工夫いたします。試合相手は、それで面白いようにバタバタと敗れております。昨日など、師範代《しはんだい》の新垣甚九郎《にいがきじんくろう》も、あやうく一本取られるところでございました」

伊茶は、鶴次郎の身になって喜んでいる。

鶴次郎の町人剣法は、伊茶の女だてらのひらめき剣法とどこか似ているのかもしれない。

「米問屋の世界は、我々侍には、さっぱりわからぬが、侍の世界には商人が平気でどんどん入ってくる。一方的にな。これでは、武士がしだいに押し退《の》けられるのも、無理からぬ話ではないか」

俊平が、伊茶に苦笑《にがわか》いすれば、

「太平の世がつづけば、お武家様の役割はどうしても小さくなります。いたしかたないことでございましょう」

鶴次郎は、いつも考えていることなのだろう。拘《こだわ》ることなくそう言って、俊平に笑いかけた。

「はは、言いおるわ。ところで、さっきまで話していたのだが、近頃は米を切手で売り買いすると聞いておるが」

俊平が、ふと思いつき堂島の商売について鶴次郎に問いかけた。

「それは、もうずっと前からの話でございますよ」

鶴次郎は、商人の口ぶりにもどって言った。

「うちは江戸店なので、米切手などで江戸の町民に米を売りはいたしませんが、堂島では現物を持ち込んでくることはありません。ほとんど全部が米切手で」

鶴次郎は、それを当然のことのように言った。

鶴次郎の口ぶりはしだいに滑らかになり、勢いに乗って肴《さかな》の味噌田楽《でんがく》にも手が伸びる。

鶴次郎が今食べた味噌田楽は、これまで伊茶の食べていたものである。

お浜が近づいてきて、妙な男が加わったものと笑って鶴次郎を見かえしてから、

「追加のご注文は、鶴次郎さん」

と訊ねた。

「平目《ひらめ》の活《い》きのいいのが入りましたよ、よかったら」

「じゃあ、それをもらおう。それとひじきの煮たのもね」

鶴次郎は、慣れた口調で言った。

「それで、おぬしのつとめる店は、堂島が本店の江戸店であったな」

「へい。加島屋《かしまや》と申します。本店は、たしかに大坂堂島でございます」

「加島屋か。聞いたことがあるの。さぞや手広くやっておるのであろうな」

「まあ、大手と申せましょう。堂島には大手が、鴻池《こうのいけ》など三十数店ほどございます。ま、もっとも、鴻池がひときわ大きうございますが。むろん、加島屋も幕府のご注文を承《うけたまわ》っております。うちは他に、京《きょう》、大津《おおつ》など、地方の取引所にも出店しております」

「ほう、それは手広くやっているのだな。大したものだ」

俊平は素直に感心して鶴次郎を見かえすと、鶴次郎は平然と笑っている。

伊茶が、空いていた猪口を手渡すと、

「さあ、さらに飲め」

鶴次郎の手に俊平がちろりの酒を傾ける。

なんだか、主客が逆転してしまったようである。

注文の料理がつぎつぎと運ばれてきた。鶴次郎は、それぞれの肴に気軽に箸を向ける。

しかも旨そうに食べる。

「おぬしのように自信に満ちた商人に、初めて出会った」

鶴次郎を感心して眺《なが》め、俊平が言った。

「柳生様の藩では、どちらの仲買商《なかがいしょう》をお使いで」

「すまぬな。それは忘れた。すべて、勘定方《かんじょうがた》の役人に預けてあるでな」

俊平が、そう言って頭を掻《か》けば、

「あら、俊平さま。そのようなことでは、いけませぬ。藩士の俸禄にかかわる大切なことでございますよ」

伊茶に笑って、そう言われ、

「それは、まあ、そうではある」

俊平は、また頭を掻いた。

「ご無理もありませんや。米の相場は、ややこしすぎましてね。幕府も、各藩の勘定方も、それはそれは頭を悩ませておられるごようすで」

鶴次郎は、笑いながら言った。

「そこを縫うようにして、そなたら商人は、しっかり儲《もう》けているのであろう。私も米相場のことなどわからぬが、それ以上に、上様《うえさま》も相当に頭を痛めておられるようだぞ」

俊平は、将軍吉宗《よしむね》の口からもれてくる愚痴話《ぐちばなし》を、思い出してそう言った。

「はは、さようでございましょう。私の口から申すのもなんでございますが、商人はしたたかでございます。お武家さまは、鷹揚《おうよう》に構えておられますゆえ、ちと太刀打《たちう》ちできぬごようすで」

鶴次郎は、うかがうように俊平を見て言った。

自分の世界の話となると、さらに立て板に水を流すように滑らかに話をする。こ奴めと思うところもあるが、俊平は、今時の商人とは喧嘩《けんか》もできぬとあきらめた。

「米相場は、早い動きについていった者が強うございます。そこで、みな競って、堂島での売り買いの値を知りたいと躍起《やっき》なのでございます。米飛脚《こめびきゃく》や手旗《てばた》などで地方の会所に報せることもございます」

「ほう、米飛脚などというものがあるのか」

俊平は猪口を置いて、鶴次郎を見かえした。

「はい。米価を報せるための飛脚便で。それは速うございますよ。並の飛脚便など比ぶべくもございません。三日四日あれば、大坂から江戸まで着いてしまいます。ただ、代金も目が飛び出るような額でございますが。手旗で米価を報らせていくやり方は、幕府よりご注意を受けておりますが、けっこう盛んで。鳥を使う便はまだ噂で、私どもの知るところではありませんが」

鶴次郎は、俊平を人物として信頼しているのであろう、こだわりなく話をする。

「鳥を使う便とはなんだ」

「鳩《はと》を使うのでございまする」

「連絡用に鳩を飛ばすか」

「まだ、噂でございますが」

「うむ。堂島の値を速く知るにいたった者が、知らぬ者に高く安く売って儲けるわけだな」

「へい、速さの競争で」

「それは、まことに生き馬の目を抜く世界だ」

感心したように言えば、

「まことでございます」

鶴次郎は、あっけらかんとした口ぶりでそう言うと、また味噌田楽を美味《うま》そうに口に運んだ。

「いや、今日は驚いたの。私は、剣術の世界に浸って生きていることを、むしろ幸せと思わねばならぬのかもしれぬと思うた」

俊平はそう言って、伊茶を見かえせば、

「ほんに、そのとおりかもしれません。私も到底商人にはついていけませぬ」

伊茶も、苦笑いして俊平を見かえした。

お浜が板場のほうから三人を笑って見ている。

二

晩秋の乾いた風が吹き荒れ、藩邸の庭の樹々の梢《こずえ》が、ざわざわと乾いた音を立てはじめれば、もう冬が近いことを嫌でも知らされる。

柳生俊平が、寒さにいくぶん背を丸め、火鉢《ひばち》に手を翳《かざ》しながら領地大和《やまと》柳生から届いた米の売り値の報告に目を通していると、小姓 頭《こしょうがしら》の森脇慎吾《もりわきしんご》が部屋の明かり障子の向こうで片膝をつき、静かに来客を告げた。

約束もなく、いきなりその一行は駕籠を連ねて訪ねてきたという。

「ほう、どなたたたな」

不審に思い、問いかえせば、

「加賀藩《かがはん》の方々にて、前田直躬《まえだなおみ》殿と申されております」

慎吾が、丁重《ていちょう》な言葉づかいで、客人の名を告げた。

「聞かぬ名だな」

そう言って首をかしげたが、もとより俊平に加賀藩の知人は少ない。

「いかがいたしましょう」

慎吾が、人物の軽重をその声に乗せて訊きかえした。

その口ぶりは重い。されば、同行の家臣も、それなりの数なのであろう。

「会わずばなるまいの」

百万石の加賀藩直臣《じきしん》とはいえ、前田直躬とやらは幕府から見れば陪臣《ばいしん》。一方俊平は、幕府剣術指南役で柳生藩主。格は俊平が上である。

「藩の大事を、お聞き願わしうござります。ぜひにも、お耳をお貸しいただきたい」

前田直躬と名乗る人物は、門前で出迎えた若党に、そう伝えるばかりという。

（そうか。耳を貸せと。ならば）

気が重かったが、俊平は慎吾に白書院《しろしょいん》にその男を通すよう命じ、自身も本殿《ほんでん》表《おもて》の白書院に向かった。

それにしても、加賀藩ほどの大藩の内情を、俊平などに伝えようとする前田直躬の意図が測《はか》りかねたが、あるいは俊平が影目付《かげめつけ》を拝命し、将軍吉宗に近いことも考慮してのことであろう。

となれば、これは密告に近いものかもしれないと、俊平は警戒した。

（あるいは、御家騒動の片割れか。大藩の御家騒動など、犬も食わぬと言うが……）

それにしても、大藩の揉《も》め事《ごと》が、いきなり俊平のもとに飛び込んでくるのは極めて異例といえた。

（しかし、その秘事が万一、幕府の禁制に触れるのならば、聞き漏らすこともできぬ）

そう思い、白書院に出向いてみれば、まだ加賀藩の重臣は到着していなかった。

「お通しせよ」

俊平は、ふたたび現れた慎吾にそう告げると、ややあって、慎吾に伴われ遠慮がちに現れたのは、七名の風格のある武士であった。

中央に立つ人物は、恰幅《かっぷく》のいい壮年の男で、きらびやかな絹《きぬ》の紋服《もんぷく》姿、いかにも大藩の重臣といった趣《おもむき》で、身に着けるものは俊平のものよりはるかに立派そうである。

背後の六人は、黙して控えるのみであった。

この者たちも、身に着けるものは豪奢《ごうしゃ》である。

「お初に、お目にかかる。我ら加賀藩の者にて、それがしは前田直躬と申す」

男はそう言って一礼すると、ゆったりと下座に座し、真っ直ぐな眼差しを俊平に向けた。

「柳生俊平でござる。本日は、ようお越しなされた。それにしても、加賀藩のご重臣が、それがしに何用でござろうか」

俊平は、もってまわった社交の語らいは苦手で、いくぶん前屈みになって男へ訊ねた。

「早速でござるが、城中懇意《こんい》にするお城坊主《しろぼうず》の話では――」

前田直躬は、俊平に誘われるように、いくぶん早口にそう言うと、眼差しを俊平に向けた。

「当代柳生俊平殿は、かつての柳生但馬守《たじまのかみ》宗矩《むねのり》殿にならい、秘かに上様の命《めい》を受け、影目付となられておられると聞き及びます。いかが」

「はは、それはただの噂話でござろう。みな、面白おかしく噂して、騒いでおるが、それは根も葉もなきこと」

俊平はふと顔を背け、廊下の気配に気を取られたふりをして、また前田直躬を見かえした。

「あ、いや。お隠しめさるな。これより後、我らも藩の秘事をあえてお話しいたすゆえ、どうか腹を割ってお話しくだされ」

「しかしの――」

俊平は笑って、唇をゆがめた。

「じつはな、柳生殿。加賀藩は、柳生殿がすでに影目付として、数多くの難問と取り組み、ご解決なされて、上様のおぼえめでたいとの報告を多数得ておりまする」

「はて。それは、なんとも奇妙なことだが……」

俊平は首をかしげて、前田直躬の顔をのぞいた。

「されば、まずは茶など」

俊平は、苦笑いして慎吾の持参した茶を一同に勧めると、

「されば」

前田直躬は、すぐに手に取った茶を口に運ぶと、旨そうに飲み干し、またすぐに俊平を見つめた。話を先にすすめたいらしい。

(はて、困ったものだ……)

俊平は、吐息《といき》を漏らし直躬を見かえした。

前田直躬は、すぐに背後の臣に目くばせし、やおら袱紗《ふくさ》に包んだ物を俊平の膝元に進めさせた。

金らしい。

「それは、なんの真似《まね》でござるな」

俊平が眉をひそめて、直躬を見かえす。

「まことに無礼とは存じまするが、当藩からの礼にござる。いや、他意はござらぬ。ご笑納《しょうのう》くだされ」

直躬はそう前置きして、

「これは柳生殿に、幕府のためでなく、我が藩のためにお力をお貸しいただく礼でござる。むろん、これから述べること、幕府の影目付の柳生殿にとっても無関心ではおられない話ではござろうが」

直躬は、あらためて俊平に一礼すると、袱紗の金を再度、俊平の前にすすめた。

「むろん、これは賄賂《まいない》の類《たぐい》のものではござらぬぞ。影目付は、幕府のお役目。しかしながら、これはあくまで我が藩のことでござるゆえ、お気やすくお納め願いとうござります」

直躬の言葉に合わせるようにして、背後の六人も揃って平伏した。

「されど、私は幕府剣術指南役として、幕府のお役に立っておるのみ。そのような大金を積まれても、他藩のために出来ることなどありませぬぞ」

「じゅうぶん、承知しておりまする。しかし、幕府にもかかわる悪事が発生しております。それゆえ、まずはお聞きとどけいただきたく」

「悪事、と申されるか……」

「さよう」

「されば、貴藩のために働くのではなく、これは公務。なおさら礼をいただく筋合いではありませぬな」

俊平の声が強《こわ》ばっている。

気まずい静けさが白書院を支配した。

「公務として、お務めいただくとともに、我が藩にも益となることでござる。お引き受けいただくことは、その両方に寄与いたしまする」

「はて、解《げ》せぬな」

「あいや、これでは頓智問答《とんちもんどう》になりますな」

直躬は苦笑いすると、手を上げて俊平を制し、

「まずは、話をお聞き願いたい」

と迫った。

「されば、申されよ」

俊平は、疑わしい顔をして身を乗り出した。

「我が藩は、諸藩の例に洩れず、財政が芳《かんば》しからず。藩主前田吉徳《まえだよしのり》を先頭に、只今《ただいま》藩をあげてその立て直しに取り組んでおりまする」

「聞いておりまする」

「しかしながら、ちと行き過ぎて、幕府のご法度《はっと》にかかわることに手を出している者がおります」

前田直躬は、その垂れた重い眼を俊平にぴたりと据えて言った。

「だが、加賀藩ご重臣が、自藩の不祥事《ふしょうじ》をそれがしに伝えて、なんのお得があろう。そのうえ、謝礼まで。やはり解せぬこと」

俊平は、直躬を見かえし、首を傾げた。

「それは、藩を思うがゆえでござる。ここで膿《うみ》を出しておかねば、大藩とていずれ立ち行かぬことになりまする」

「それは、そうでござろうが――」

「財政の問題もたしかに大事。されど、それ以前に違法なことに手を出す藩の動きに、心ある藩士はみな、こぞって憂《うれ》えております。大事とならぬうち、恥を忍んでこれを公《おおやけ》にし、財政再建の前に、藩の心がけの改革を行う所存。柳生様のお手によって、ぜひとも我が藩の膿を出していただきたく、ここにお願いに上がったしだい」

直躬は、そこまで言って真っ直ぐに俊平を見つめた。

「しかし、それを私に伝えることは、幕府にも伝えることではありませぬか。加賀藩にも傷がつこうが、よろしいのか」

「いたしかたありませぬ。ここで膿を出さねば、藩の浄化は、いつまで経ってもままなりませぬ」

野太い声でそう言い、直躬はふたたび俊平に平伏すると、

「どうか」

と平伏した。

後方の侍もまた揃って頭を下げた。

俊平は、重い吐息を漏らした。

前田直躬の覚悟は一見立派に思える。だが、それは表向きのことで、この男の目的は藩内抗争でおそらく敵方を売るつもりなのであろう。

「貴藩に、違法な動きがあるとすれば、それがしもお話を聞かざるを得ぬが、ひとまずその金、お納めいただきたい。正当な職務に対して、それでは賄賂となろう」

俊平が言えば、前田は困ったように顔を歪《ゆが》め、背後の者に指図をしたが、

「さればこの金、引き取らせていただくが、いずれ別のかたちできっとお礼はさせていただきまする」

そう言って、重々しく前田直躬は金の包みを退きさげさせると、廊下に気配があり、小姓頭の森脇慎吾が数人の小姓を連れて現れ、茶菓子を運んできた。

朝方、柳生藩領地柳生の庄から届けられた干《ほ》し柿《がき》である。

俊平が苦笑いして、

「ご承知とは存ずるが、柳生藩は一万石の小藩。生活のすべてが加賀藩百万石とは、比べものになりませぬ。茶菓子と言えば、このような干し柿。お口に合わぬかと存じまするが、よろしければ、ひとついかがかな。素朴な味わいの一品でござる」

慎吾に客人の膝元に勧めさせれば、列席の男たちの顔がほころび、漆塗《うるしぬ》りの盆《ぼん》に載った干し柿に手が延びる。

食ってみれば、思いのほか旨いらしく、加賀藩士は顔を見あわせ素直に喜んだ。

「このような柿、食うたこともござらぬ」

前田直躬が、手に取ったものにちょっと大袈裟《おおげさ》に感心した。

「加賀殿のご領地には、小京都と呼ばれるほどのきらびやかな金沢《かなざわ》の町がござる。京風の上菓子など、そこにはいくらでもござろうに。お恥ずかしきかぎりだが」

俊平も苦笑いしながら、干し柿を一つ取って口に運ぶ。

「いやいや、これも、なかなか捨てたものではない。この風味は、もはや一級品でござるよ。いや、何処《どこ》に売り出しても商いになりましょう」

直躬は、どこまで本気かわからぬが、まんざらでもなさげに言う。

「さようか。されば、江戸にて〈柳生柿〉とでも銘打って、売りに出そうかの」

俊平が、冗談めかして言えば、

「なに、きっと売れましょう。この味なら、まずまちがいない」

直躬が、上機嫌で褒めそやした。

一同、しばらく笑ってややうち解けると、

「さて本題でござる。当藩の悪事を、まずお聞きいただこうか」

直躬が、膝を乗り出し、言いかけた。

「されば、申されよ」

「じつはな」

直躬は声をひそめ、また険《けわ》しい表情にもどって、膝を乗り出した。

加賀藩の財政改革は、藩主前田吉徳が率先して行っていたが、今はその片腕となっている大槻伝蔵《おおつきでんぞう》が、音頭を取っているという。

「大槻伝蔵殿か。あまり聞かぬ名だな」

俊平は率直に言った。

「ただの坊主風情《ふぜい》のお調子者でござってな。礼儀もわきまえぬ増上慢《ぞうじょうまん》な奴でござる」

前田直躬が憤激《ふんげき》を隠すように言う。

「我らを、端《はな》から改革を邪魔する守旧派とみなすばかりにて、まるで意見を聞こうといたしませぬ」

後方の侍が、初めて口をきいた。

「ほう」

俊平は、興味深げにその男の顔をうかがった。

「ご紹介が遅れたが、ここに控える者は、加賀八家から選ばれた若者たちでござる。いずれ藩の重臣と成る者ばかり。よろしくお引き回しくだされ」

加賀八家は、藩祖前田利家《としいえ》から枝分かれした名流で、本多《ほんだ》家、長《ちょう》家、横山《よこやま》家、前田《まえだ》対馬守《つしまのかみ》家、奥村河内守《おくむらかわちのかみ》家、村井《むらい》家、奥村内膳《ないぜん》家、前田土佐守《とさのかみ》家の八家からなる。そのなかから六人が前田直躬の後ろに控えているらしい。

俊平は、直躬の後方の男たちを見まわした。

「なんと、それがしごときが」

「その大槻伝蔵、もとは御居間坊主上がりにすぎぬ下々の者でござるが、ご藩主前田吉徳に気に入られましてな。いまや藩の重役諸氏を押し退ける勢い。それでも、藩の改革を押しすすめるのであれば許せるが、違法な行いに走り、むしろ藩の名を汚しておりまする」

その男は、口角《こうかく》に泡を飛ばすように言った。

黙っていた他の八家の連中も、そうだ、そうだ、とうなずく。

「して、その男がどのようなことをいたしたと申される」

俊平が、一向を見まわして訊ねた。

「米相場でござるよ」

直躬が、茶碗をゆっくりと置き、俊平をまっすぐに見据えて言った。

「ほう、米相場か」

「さよう、幕府も手を焼く堂島の大商人に対抗し、相場を張ってござる」

また、別の八家の若者が荒々しい声音で言った。

「しかし、それは大したものだの」

俊平は笑って、男を見かえした。

八家の一同は、困ったように顔を見あわせた。

「幕府は、値下がり気味の米価を、なんとか上げようと腐心しておられるが、一向に上がらず、さまざまな手を尽くすも、思うようにいっていないとのことです」

俊平が、言葉を選びながら一同を見まわして言った。

「さようで、ござるな。ところが伝蔵めは、大坂の堂島で成立した米価を、いち早く知り、まだ知らぬ京都の商人に、高くあるいは低く売りつけるという姑息《こそく》な手段にて儲けておりまする」

前田直躬は、身を乗り出すように前のめりになって言った。

「米の相場師らの速さの争いについては、私も話に聞いております。米飛脚なる者がおり、大坂の中央市場で成立した米の値を、いち早く他の市場に報せておるそうな」

「さよう。米飛脚の守備範囲は、今や北は北陸《ほくりく》、西は九州《きゅうしゅう》にまで及んでいると申しまする」

「つまり、堂島の値を知る知らぬの差で、儲けておるのだな」

「さようでござる」

前田直躬の言葉に、背後の加賀八家からの若者もうなずいた。

「ところで、その報せ、江戸と東北には来ぬのですか」

俊平が、興味をつのらせてさらに膝を乗り出した。

「江戸、大坂の間の伝達を担った大手飛脚が別におりまする」

「ふむ。いずれにしても、米飛脚は、途方もなく早いの」

「いえ、飛脚はまだしも、伝蔵の用いているのは、飛脚ではなく手旗でござる」

「手旗？」

「さよう。遠く離れた相手に手旗で信号を送り報らせる手段でござる」

「それはよい。考えたものだ。面白い。どうするのだ。もっと詳しく話してくださらぬか」

「さようか」

俊平の関心が伝蔵の悪行より手旗信号の驚異に移っているのがやや不満らしく、前田直躬はやや白々とした口ぶりで応じた。

俊平は手旗信号を操る男たちに思いを馳《は》せ、大きくうなずいた。

「伝蔵のやっていることは、明らかな違法でござる。そこのところを、とくとお調べくだされ」

「だが、いまひとつ事情が摑めぬ」

俊平は、また首を傾げた。

手旗信号も飛脚の競争も、つまるところ同じように見える。

「具体的にお話し申し上げよう」

前田直躬がまた膝を乗り出した。

「幕府は、京都にも幕府の年貢米を払い下げることを目的に〈御用米会所《ごようまいかいしょ》〉を設けておられるが、京の六条《ろくじょう》新地《しんち》に、いまひとつ大坂堂島と似た〈米売買会所〉というものを設けてござる」

「聞きおよんでおります」

「こちら、堂島相場に準じて取引を行っておりまするが、堂島での相場の高下を、毎日早飛脚によって伝達を受け、取引を行うのを定法としております」

「なるほどの」

俊平は、素直にうなずいた。

堂島周辺の支店は、本店に準拠して米価を策定するらしい。

「ところが伝蔵めは、飛脚に先廻りし、違法な手段によって、堂島の米相場を知り、売り買いに取り組み、荒く儲けておるのでござる」

前田直躬が憎々しげに言った。

「他を出し抜いておるのだな」

俊平は相好《そうごう》を崩した。素直に金儲けの世界で競争するなら、それくらいのことはやりかねぬと思われる。

前田直躬は、不満そうに吐息をついた。

「いわば、忍びの者の狼煙《のろし》のようなものですな」

俊平の一言には動かされず、前田直躬はさらにつづけた。

「それを操る者を、山の頂に置き、京、大坂間を、連絡させるのでござる」

「なんとも、途方もないことを考える」

「これは、すでに他の者に前科があり、幕府は罰しておりまする」

「それは、まったく知らなんだ」

「この元文の幕府評定所に、京都東町奉行殿が伝える例では、四人の者が違法な取引にかかわったとして、首謀者三名のうち転法輪三条家《てんぽうりんさんじょうけ》の家来であった者を山城国《やましろのくに》より追放の処分、残る二名のうち、一人を洛中洛外《らくちゅうらくがい》からの追放処分としておりまするぞ」

「なるほど、それは思いのほか軽い処分であったのだな」

俊平は、ふむふむとうなずいてそう言うと、

「しかし、こうした事例を知りながら伝蔵の行った行為は、やはり許されるものでは

ありませぬな」

前田直躬が、上目がちに俊平を睨《にら》んで言った。

「で、つかぬことを訊《たず》ねるが、そのぼろ儲けで、加賀藩は立ち直ったのですかな」

俊平は、面白すぎる〝博打場〟の結果を訊ねた。

半ば興味本意のその問いに、前田直躬が憮然《ぶぜん》とした。

「たしかに、大幅な支出過多は止まりましたが、まだまだでござる」

怒りを抑えて、直躬が低く言い捨てた。

「さようか」

俊平は、それ以上に言う言葉もなかった。

俊平の関心は伝蔵にはない。

そのような乱暴な手段を用いても、なかなか立ち直れないとすれば、加賀藩の台所事情はそうとうに悪いものと言わざるを得ない。

「前例として、評定所がそうしたことを罪としているのであれば、伝蔵の行いもたしかに罪となろう。調べてみねばなるまいが、それにしても、動きの早い米相場の世界、それがもはや常套手段のようになっているとも聞くが」

俊平が前田直躬に切り出した。

「はて」

　直躬は、わずかに身を退くようにして、言った。

「されど柳生殿、この話、お見逃しになられてはなりませぬぞ。幕府として、公正な取り組みをお願い申しあげる」

　前田直躬は、片方の拳《こぶし》を畳につけ、また前屈みになって言った。

「たしかに大槻伝蔵とやら、相当達者な者のようだが、やや度が過ぎてしまったようだ。だが正直のところ、幕府にどこまでのことができるか」

「と、申されると？」

「加賀藩のご藩主も肩入れしておられる者なれば、幕府もどこまで立ち入ることができるものか、それはそれがしにもわかりかねまする」

　俊平は、そう言って直躬を見かえした。

　現在、諸藩がいずこも財政難で困窮《こんきゅう》していることを知っている。諸藩が力を失くすことは幕府にもまんざら悪くはないが、弱りすぎてしまった諸藩の財政改革に水を差すことは、将軍吉宗もやりにくい。

　まして、大藩加賀前田家となると遠慮がある。

「しかし、それでは困りまするな」

幕府の立場は、こうした大藩の重臣であれば、当然読んでいる。

前田直躬は、身をくねるようにしてそう言った。

「伝蔵殿は、相場の他に、どのような財政再建策を実施なされておられる」

「それは――」

前田直躬は、言いにくそうに生唾を呑み込んでから、ふたたび俊平を見かえした。

「藩の出費に厳しく目を光らせ、なにかと我らの出費に口を挟んでまいります」

直躬は、不機嫌そうに応じた。

「さようか。いや、先ほども申しあげたとおり、我が柳生藩もご多分に洩れず、財政難で苦労をしており、首も回らぬ状況。よい知恵があれば拝借したいものだ」

「そのようなことを申されても……」

前田直躬は苦笑いしてから、

「伝蔵も多忙、他藩にまで貸す知恵などあるまい。申しておけば、それほどの知恵者ではない。分をわきまえず、藩士には過酷《かこく》な要求を押しつけ、力を誇示する、粗雑な振るまいばかり」

「それは、さぞお辛かろう」

俊平は、背後の家士にも目を向け、同情するような口ぶりで言ったが、加賀八家からの男たちは、半ば俊平の反応にあきれている。

「もういちど申し上げる。伝蔵め、このまま放置してよろしいか。我らも藩のため、我慢せねばならぬところはそういたそうが、伝蔵め、近頃は藩主のご寵愛《ちようあい》をよいことに、主従の則《のり》をわきまえぬ横暴ぶりにて、天下を取ったかのような傲慢《ごうまん》な振るまいが目立ちまする。ここで灸《きゆう》を据えねば、後々まで禍根《かこん》を残そうと、八家の者の多くが考えるにいたってござる」

直躬は、また腹を据えかねたように言うと、八家の衆も苛立って、片膝を立て、俊平に迫らんとする者もある。

俊平は、じっと男たちの表情を見据えて、

「さようで、ござろうか……」

と曖昧《あいまい》に応えた。

そう言い置くより、他に言葉もない。

どうやら、藩主をいただく伝蔵らの改革派と、これに不満を持つ守旧派の凄まじい対立は直躬の表情を見ても、他藩の者の想像を越えているらしい。

(これは、下手《へた》に手が出せぬな……)

俊平は、そう思いつつひとまず話を聞き終えると、

「されば、善処《ぜんしょ》いたす」

と、直躬らを玄関に見送った。

玄関で待ち受けていた加賀藩の駕籠は、大藩の重臣の乗り物だけに、柳生藩主俊平のものより大きく立派である。俊平は苦笑いしてその駕籠を見送り、若党らと玄関に向かった。

「あれは、豪華な駕籠でございますな」

慎吾をはじめ、みな、加賀藩の駕籠行列にどこか魅了《みりょう》されて、ぼんやりしている。

だが、俊平は気重であった。

「殿、ややこしい話に巻き込まれまするな。ここは、深入りせぬのが肝要でございますな」

頼りとなる用人梶本惣右衛門《かじもとそうえもん》が、俊平の隣に並びかけ、念を押すように言った。

「だが、もう話は聞いてしまったぞ。違法なことがあれば、お役目からも放ってはおけまい」

苦虫《にがむし》を嚙み潰《つぶ》したようにそう言えば、惣右衛門も厳しい表情でうなずいた。

俊平の額に、ひやりとあたるものが落下した。空を見上げれば、頭上に重い雨雲が立ち込め、ひと粒、ふた粒、雨粒が降りかかってくる。

「濡れぬうちに」

俊平は、惣右衛門とともに小走りに本殿玄関に走りはじめた。

三

「そのような話があったとは、知らなかったぞ、俊平」

八代将軍徳川吉宗は、からからと笑って、手にした茶を口に含むと、まだ笑い足りぬかふたたび高笑いしはじめた。

吉宗の茶の飲み方は豪快で、一気に口に流し込み、少し口中《こうちゅう》で休めて、またごくりと飲み込む。

その所作は吉宗独特で、俊平はいつも、それを上様らしいと笑って見ている。

突然、藩邸に前田直躬を筆頭に加賀藩一行が訪ねて来て、藩の内情を打ち明けてから三日ほど後、久しぶりに江戸城に呼び出された俊平は、吉宗と将棋盤《しょうぎばん》を囲み、加賀藩の騒動について伝えた。

加賀藩の財政難は、すでに遠国御用《おんごく》のお庭番《にわばん》から吉宗の耳に入っていたらしく、吉宗はさして驚くようすも見せなかったが、大槻伝蔵の米相場での不当な行為について

は、

「それはまずいの」

と、眉を歪めた。

堂島の米相場では思うように相場管理ができず、予期せぬ米価の上下に翻弄《ほんろう》されてきただけに、吉宗にはそのような米相場の操作がことさら苦々《にがにが》しく思えるらしい。

「手旗による交信については噂には聞いていたが、加賀藩までもがそのようなことに手を染めたとはの、やはり、見過ごすことはできまい」

そう言ってから、吉宗はふと考え込み、

「とはいえ、の……」

と口ごもった。

俊平は、吉宗の苦渋《くじゆう》の表情をつぶさに見つめた。

さすがに大藩加賀前田家との関係には吉宗も気を使うようで、事を大袈裟にしたくはないらしい。

「やはり荒療治《あらりようじ》はやりたくない。そちのほうから、それとなくその者にやめるように伝えてはくれぬか。俊平」

「されば」

「加賀藩も幕府同様、財政難で難儀しておるようじゃ。いや、いや、同病相哀れむじゃ」

吉宗は、俊平を見かえし薄く笑って眉をひそめた。

「まこと、いずこの藩も武家は苦しいようじゃな。他人事《ひとごと》とは思えぬ」

「さようでございます」

俊平は、ようやく緊張を緩めて、うなずいた。

予想どおり結局、吉宗は加賀藩に厳しい対応はせぬらしい。

吉宗にとっても、財政難は他人事ではなく、日々綿服《めんぷく》を着け、大草鞋《おおわらじ》を履《は》いて、倹《けん》約《やく》につとめている。吉宗の食事は、まこと哀れなほどに倹《つま》しい。一汁二菜、とても将軍の食事とは思えない。

俊平は、吉宗を意志の人と思っている。

自分がいったんこうと決めたことは断じて緩めず、実行に移す。自分だけが特別だとはけっして思っていない。

「その者大槻伝蔵も、改革を急ぐあまり、ちとやりすぎたのであろうな」

「たしかに。性急に過ぎたのかと思われます」

「聞けば、坊主上がりの卑《いや》しき身分の者という。そうした者はみな、なかなかに遣《や》り手だが、ちと品《ひん》に欠ける」

　吉宗が笑って言う。

「五代将軍綱吉《つなよし》公の側近柳沢吉保《やなぎさわよしやす》殿も、おそらくそのようなお人だったのでございましょうかな」

　俊平は、昔話を思いかえして言った。

「あの者は、能楽者《のうやくしゃ》上がりであったらしい。あ奴に対しても、さぞや守旧派の反発は強かったであろう。俊平、米相場は別として、その男大槻伝蔵の動きを、それとなく追ってみてはくれぬか。思えば、けなげなところもある」

　吉宗の脳裏《のうり》に、大槻伝蔵への興味が湧いてきたらしい。

「はて、この私が、でございますか」

　俊平は、驚いて吉宗を見かえした。

「行き過ぎを抑えつつ、抵抗者を挫《くじ》いてやるとよい。余としても、加賀藩をなんとか立て直してやりたい」

「されば、心得ましてございます」

　俊平は、あらためて吉宗を見つめて平伏すると、小さく吐息を漏らし脳裏に思いを巡らせた。

吉宗は簡単に言うが、そのようなことを自分がやり遂《と》げる自信はない。影目付は、あくまで秘密裏のこと。だいいち、加賀藩にどうかかわってゆくかさえ定かではない。

吉宗は、ふたたび考える素振りを見せ、

「ところで俊平、そなたが影目付であること、その前田直躬とやらは、いかにして知ったのであろうの」

思いついたように訊ねた。

俊平が、お城坊主の河内山妙《こうちやまみよう》春《しゅん》が、加賀藩の者に漏らしたことを伝えると、

「河内山めか――」

吉宗は、苦笑いした。

「今時のお城坊主は口が軽い。影目付は影なれば、やることすべて、裏にまわって密《ひそ》かにやらねばならぬものじゃ」

吉宗は、これはまずいとしきりに言った。

「そういえば、将棋の対局など、このところいささか長くなっております。それゆえ、あれこれ勘繰る者多く」

俊平が、苦い顔で吉宗を見かえすと、

「ふむ、将棋もまずいか」

「されば、本日はこれにて」

俊平は急ぎ平伏し、片膝を立てると、

「あ、俊平。将棋はよいのじゃ。されど、せめて回数を減らすなど工夫をいたそう。くれぐれも、気取られぬことが大切」

吉宗は、未練がましく言って苦笑いした。

今や吉宗のいちばんの将棋敵《がたき》は、俊平となっている。腕は互角か、俊平がやや上。待ったも聞いてくれる。

俊平を失えば、吉宗の将棋相手がいなくなるといっていい。

「されば、かしこまってございます」

俊平は笑って平伏し、

「ところでそれがしも、大槻伝蔵の一件からあの米相場なる難物に興味を覚え、あれこれ調べてはまいりましたが」

俊平が、ちょっと大袈裟に顔を歪めてみせれば、

「米相場の一件じゃな」

吉宗はふたたび話に乗ってきた。

「なんとも、面倒なものにございますな」

俊平がこぼすように言うと、吉宗もまた顔を歪めて笑った。

「あれは、まことに難物じゃよ。余の思いどおりに相場が動いたことなど、これまで一度としてない」

吉宗は、あきらめたようにそう言って、ふとその顔を本殿の内庭に向けた。

もはや、うんざりしていることが、その表情からもわかる。

「上様のお力をもってしても、難渋《なんじゅう》しておられるのでは、これは近づかぬほうがよろしうございまするな」

「いやいや。そちは、剣も当代一流、器用に立ち回れよう、いま少し調べてみてくれぬか……」

吉宗は、できれば相場という難物を誰かに代わって手なずけて欲しいようだった。

「それで、いま米の値は――」

「このところ、諸国の米の作柄はよい。それだけに、大幅に下がってきておる。武家の懐は、ますますやせ細ってまいった。今年三月、大坂の富裕な五十余家を対象に、買い付けを督促《とくそく》した。また、大坂じゅうの町人に対し、幕府が大坂に備蓄する古米の買い取りを強要した。だが、これを露骨な取引と申す者もあってな。反発が強く、あまりすすんではおらぬ。春には大坂の米仲買が連名にて、奉行所に嘆願書を提出してまいった」

「なにゆえ、そこまで強く反発をいたすのでございましょう。売りを極め、一方に相場を傾ければ、極端な米価に苦しむのは民の懐ではござりませぬか」

買いたい時に買えず、売りたい時に売れないのでは、諸大名の資金ぐりにも悪影響である。

「じゃが、なかなか買うてはくれぬ。商人は損になることは一切せぬ」

「それで、いかがいたしましたな」

「やむをえず、幕府は貨幣改鋳《かへいかいちゅう》の実施と引き換えに、米価の公定策を取りやめた。商人どもの勝ちじゃ」

「さようでございまするか……」

俊平は、残念そうに吐息して、吉宗を見かえした。

米商人には米商人の言い分があるのであろうか。極端な米価の自由価格にも問題がありそうである。

「はて、遅くなりました。今日の対局は、これにてやめにいたしませぬか」

「いや、もう一局だけ勝負いたす。ぜひにもな」

吉宗は、ふたたび、将棋盤に目をもどした。

吉宗の眼が、爛々《らんらん》と輝く。吉宗は、将棋がまことに好きである。

「ところで俊平、そちは余が加賀藩に弱腰と見ておろう」

吉宗は、手早く盤上に駒を並べながら言う。

「いえ、そのようなことは」

俊平は、ちらと吉宗を見かえし、にやりと笑った。

「加賀藩は大藩ゆえ、余も扱いが慎重となる。だが、目付のようなものを張りつかせておるのじゃぞ」

吉宗は、ごく当然のように言った。

「本多家で、ございますな」

本多家とは、いわば加賀藩への幕府のお目付役で、御三家の見張り役である附家老《つけ》同様、加賀藩の内情を幕府に報告させている。

「あの者らを置かれては、前田家としては、さぞ煙たかろうが、やむを得ぬ。加賀藩は幕府の意向に従い、幕府に従順にふるまい、本多をまじえた協議によって藩を運営してきたが、先代綱紀《つなのり》殿より藩政改革に舵《かじ》を切り、独裁体制を目指しはじめた。現藩主前田吉徳殿もそれを踏襲《とうしゅう》するようになっておる。まずは、除《の》け者にされた本多家当主本多政昌《まさあきら》の話を聞いてみよ。藩主と共に江戸に出府しておるはずじゃ。老中から話を通しておく」

「ありがたきお計らい、早速《さっそく》準備にとりかかりまする」

俊平は、すぐに帰り支度にかかった。

振りかえれば、吉宗がなにやら迷っている。

「いかがなされました」

「将棋のことじゃ。まだ勝負はついておらぬ」

しかし俊平はふたたび吉宗の前に座り込んで、

「お忘れになられましたか。上様と長々と将棋を指しておりますれば、それがしのお役目、知れわたりましょう」

「なんの、勘ぐる者には勘ぐらせておけ。大事なのは今日の勝負じゃ」

吉宗の目が熱くなっている。

俊平は苦笑いして、駒を並べはじめた。

# 第二章　団十郎《だんじゅうろう》の千両

一

「俊平さま、あの者、どうご覧になられます？」

道場の片隅で俊平に寄り添って立つと、伊茶が、激しい立ち合い稽古をつづける鶴次郎を見やった。

「たしかに、よい筋だな。鶴次郎があれほどの腕とは、私はつゆ知らなかったぞ」

俊平も、腕を組み、思わず感心して唸った。

鶴次郎の太刀筋は速く、切れ味鋭く、しかもその剣先は相手の剣の動きに応じて縦《じゅう》横《おう》に変化してやまない。

天性の勘の良さがうかがえた。立ち合い稽古の相手をする師範代の新垣甚九郎も、時折虚を突かれてハッとして後退する。

「あれなれば、まだまだ伸びような」

鶴次郎のきびきびした袋竹刀の動きを目で追って、俊平も思わず相好《そうごう》を崩すのであった。

「それにしても、世の中、ずいぶん変わってきたものよな。剣術はもはや、武士だけのものではなくなってきたのかもしれぬ。町人のなかにも、あれほど鋭い打ち込みを見せる遣い手が現れたのだ」

「まことでございますな。それに、鶴次郎は何をしても一生懸命。出来る男というものは、武士、町人にかかわらず、何をしてもああして頭角《とうかく》を現すものでございましょう」

伊茶も、目を細めて鶴次郎のきびきびした動きを目で追っている。

鶴次郎の竹刀が、ついに唸りをあげて師範代の面をこすった。

一本には至らなかったが、甚九郎はひやりとしている。

「ならば、私はどうだ、伊茶」

俊平は、笑って伊茶を見かえした。

「はて、俊平さま、でございますか？」

伊茶が笑って俊平の顔をしげしげと見かえした。

「そうだ、私のことだよ」

「俊平さまも、無論同じでございます。伊勢《いせ》国桑名《くわな》藩主松平定重《まつだいらさだしげ》様の十一男、部屋住みのまま茶花鼓《ちゃかぽん》に明け暮れ生涯を終えるかと思いきや、いきなり柳生藩主に抜擢《ばってき》され、将軍家剣術指南役。その上、影目付をご拝命され、ご活躍をされておられます」

伊茶が、片目をつむるようにして言った。

「世辞《せじ》半分でも、そう言われれば、嬉しいの」

伊茶に微笑みかえし、俊平はまた鶴次郎に目をもどした。次の相手も、道場では上位から数えて五本の指に入る男である。

互角の勝負に持ち込みはじめている。

「あの男、たしか加島屋の江戸店につとめておるのであったな」

「はい。そう聞いておりまする」

伊茶が、俊平から目を鶴次郎にもどして言った。

「ならば、大坂堂島から出て来たのだな」

「はい。淀屋《よどや》が幕府の闕所《けっしょ》処分を受け、鶴次郎は番頭だった牧田仁右衛門《まきたじんえもん》殿（のちの淀屋清兵衛《せいべえ》）とともに伯耆国倉吉《ほうきのくにくらよし》に落ちたそうにございます」

「ふむ、その話は聞いたことがある。苦労しておるのだな」

「その後牧田仁右衛門殿が再興した淀屋に父親が奉公を始め、その父親に連れられて店に入ったと申しています。丁稚小僧《でっちこぞう》の頃は、それは苦労したと」

「加島屋には、なぜ入れたのだ」

「よくしてくれるお方があって、そのお方の紹介があったものと思われます。淀屋と行動をともにするのは、勇気の要ったことだったでございましょう」

「淀屋といえば、一時は堂島の米相場を牛耳《ぎゅうじ》るほどであったと聞いている。それゆえか、多くの人に妬《ねた》まれて追われたとも聞くな」

「時の将軍綱吉の政権時に、幕府によって潰されたとのこと」

伊茶が、眉をひそめて言った。

夫婦の間の話だけに、二人の間では遠慮なく幕府非難も飛び出す。伊茶の非難は厳しい。

「それが事実であれば、まことに不憫《ふびん》なことであったな。よくもそれだけの逆境を乗り越えてきたものだ」

俊平もまた幕府への批判は遠慮なく口にする。伊茶も面白そうに話に耳を傾けた。

「困った幕府だよ」

「はい」

「鶴次郎の父祥兵衛《しょうべえ》殿が淀屋を支え、苦労を重ねておられた頃、淀屋と倉吉の地の女との間にできた娘と鶴次郎が歳の離れた夫婦になり、淀屋を助けようと堂島の加島屋に鶴次郎殿は勤めはじめたようにございます。それゆえ、いずれ淀屋にもどるものと思われます」

「鶴次郎も、よう乗りきった」

俊平と伊茶がひそひそと語り合っていると、鶴次郎が稽古をおえてふとこちらに顔を向けた。

伊茶が微笑みかえすと、鶴次郎は一瞬きょとんとしたが、笑顔を浮かべ、袋竹刀を掲げてこちらにやってきて、俊平と伊茶にまたぺこりと頭を下げた。

「励んでおるな。いやいや、そなたは日々腕を上げておる。これからが大いに楽しみだ」

「いいえ。私など、もうこの歳でございますから、伸びたと申しても、たかがしれております る」

鶴次郎は、笑って応えた。商人は実直で現実的なものの見方をする。たしかに鶴次郎の歳は、すでに四十を越えている。

俊平はふと考えて、

「いや、あきらめることはない。剣は力で動かすものではない。心だよ、心。なに、そちの心はつねに若い」

「はて、これは嬉しいお言葉を頂戴《ちょうだい》いたしました。ますます励みとうございます」

鶴次郎は素直に喜び、また俊平を見かえした。

「されば、こたびはちと格上の相手を当ててやろう」

俊平がぐるりと道場を見まわすと、格子窓《こうしまど》の近くで野々村城太郎《ののむらじょうたろう》と立ち合い稽古をする大樫段兵衛《おおがしだんべえ》の姿が目にとまった。

俊平らが、自分に目を向けているのに気づき、段兵衛は無精髭《ぶしょうひげ》が伸び放題となったその大顔を崩し、つかつかとこちらにやってきた。

「どうしたな、俊平殿」

怪訝《けげん》そうな顔で、段兵衛が俊平を見た。

「そなたも、よう励んでおると見ていたのだ。これは、私も負けられぬと思うていたところだ」

にやりと、段兵衛の腕を取る。

「なんの、おぬしとて多忙ななか、よう稽古をつづけておる」

「ところで、じつはな。この鶴次郎のことなのだ」

俊平は、横に並んで立つ柔和な商人顔の男をちらり見て、段兵衛に言った。

「だいぶ、腕を上げてきておる。すまぬが、たまでよい、この男の稽古を見てはくれぬか」

「そうか。ならば、このわしに任せておけ」

段兵衛は、快く鶴次郎に笑顔を向けて、

「鶴次郎、おぬし町人ながら、並々ならぬ腕と見ていたが、道場主の俊平も認めるまで腕を上げたか。されば、これからのおぬしの稽古は、わしが引き受けよう」

段兵衛は、そう言って鶴次郎に歩み寄ると、そのいかつい手を肩に乗せた。

鶴次郎は、大きく破顔して力強くうなずく。遅れて、師範代の新垣甚九郎もやってきて、

「おやおや、よろしいのか」

と、段兵衛を見かえした。話は聞こえていたらしい。

「先ほどは、また旅に出ると申されておったが」

苦笑いを浮かべて新垣甚九郎が訊ねた。

「なんの。この鶴次郎の面倒は、今後もずっと見てやるつもりだ。一時江戸を離れよ

うと、それはあくまで一時の話だ」

段兵衛が強い口調で言った。

「それにしても、段兵衛、また修行旅か」

俊平が、あきれたように段兵衛の顔を見かえした。段兵衛は、よく旅に出るので、江戸にいるのは一年のうち半年もないように思えた。

「うむ、道場での稽古は、どうも生《なま》ぬるうてな。旅に出て、強者と立ち合う、それでこそ、剣も己も磨かれると思う」

「そういうものか」

俊平は、あらためて段兵衛を見かえして笑った。

この男には、己を厳しくも正当に評する精神がある。だが俊平は、一方で剣の修行はどこにいてもできるようにとも思う。

この男にとって、修行の旅は、むしろ生涯を貫く己への課題なのであろう。

「して、こたびはどこに向かうのだ」

「うむ、西国がやはり面白い。諸藩に強豪がおる。だが、しばらく大和柳生に落ち着き、尾張柳生を修得して、それから後、中国、四国、九州と廻ろうと思う」

「ほう、長旅になるの。大和柳生では、みなによろしくな」

俊平は、段兵衛の手を取って言った。

「連中は、尾張柳生で固まっている。今は小康状態にあるが、この江戸柳生とは決して穏やかな関係にあるわけではない。気をつけよう」

段兵衛が渋い顔で言った。

領地柳生の庄の藩士と江戸在住の藩士の間は以前から円満でない。

「おお、それと……」

俊平はふと思いつき、

「大坂の堂島を、のぞいてみてはくれぬか」

そう言って、段兵衛をうかがい見た。

「堂島か。あそこは、米相場が立っている」

「そうだ、その米相場」

「ふむ。だが、そのようなところにわしがなにをしにいくのだ」

段兵衛が怪訝そうに俊平を見かえした。

「じつはな――」

俊平はふとあらたまり、

「堂島で不正が行われているところを確かめねばならぬのだ」

「影の御用か」

「そういうことだ」

「じつはな、これはおぬし以外に頼む者はないのだ。そのあたりのところ、しっかり見てきてほしい」

俊平は苦笑いをして段兵衛をうかがった。

俊平も引き受けたくない裏仕事だが、将軍吉宗直々《じきじき》の依頼では断りようもない。

「上手《うま》いことを言いおって。また、わしを乗せる気だな。だが、他ならぬおぬしの頼みだ。引き受けよう」

段兵衛は、ちょっと唇をゆがめてから俊平に微笑みかえした。

「はて、堂島でございますか」

鶴次郎は、相場世界に長く身を置いた者らしくすぐに顔色を変えた。

「そうであったな、段兵衛にはいわば、おぬしの古巣のようなところに行ってもらうつもりだ」

「まあ、そうでございますが、江戸に出てはや五年。だいぶあちらの事情も忘れてしまいました。それよりも、不正とは」

鶴次郎が一転いぶかしげに俊平を省みた。

「うむ。じつは、相場にのめり込むあまり、手旗を使って堂島の米相場をいち早く京の会所に報せる者がおる」

「はは、そのような話はよく聞きます」

鶴次郎は、手を払って笑い顔を見せた。

「堂島の米相場をいちはやく知って、売り買いに取り組むことを問題としておるのだが」

「それは、そうでございましょうが……。そうしたものは、次から次へ新しい手立てが考えられております」

鶴次郎はまた、事もなげに言った。

「今や手旗では飽き足らず、鳩を使う者も現れていると噂が立っておりますよ」

「その話、聞いた。手旗などはもはや公然たる手段なのだな」

「まあ、そのようで」

「そ奴は、そうして藩の財政難を切り抜けようという腹なのだが、幕府としても見て見ぬ振りもできぬのだ」

俊平が困ったように言った。

鶴次郎にとっては、手旗信号などはみながやることで関心はあまりないらしい。

「して、わしは堂島で何をすればよいのだ」

段兵衛が、あらためて俊平に訊ねた。

「まず、加賀藩の動きを調べてほしい」

「それをやっているのは、加賀藩なのか？」

段兵衛は、驚いて俊平に問いかえした。

「うむ。加賀藩財政の改革にとりくむ大槻伝蔵という者が、手旗を用いて荒く稼いでいるという」

鶴次郎は、あの大藩の加賀藩が姑息なと、いたく簡単に言ってのけた。

「加賀藩といえば、前田家だな。前田はこれまで、豊臣秀吉《とよとみひでよし》にも、徳川家康《とくがわいえやす》にも、従順に従って、上手《じょうず》に生き延びてきた家だ。だが、それにしてはずいぶんと手荒なことを始めたものだの」

意外そうに、段兵衛が言った。

「ご多分にもれず、かの藩も財政難なのだ。そこで、藩主が、いよいよ率先して動き、財政改革に乗り出した。その先兵が大槻伝蔵という男だ」

「なるほど。その加賀の動きを見さだめるのか。まあ、大したことはあるまいが、違法は見のがせんというわけだな。ならば、おれに任せておけ」

段兵衛は、そう言って分厚い胸板をたたいた。

段兵衛の兄で筑後《ちくご》三池《みいけ》藩主立花貫長《たちばなやすなが》は、国許にもどって藩政改革に取り組んでいる。段兵衛にも、加賀藩の財政難は他人事《ひとごと》ではないのだろう。

「されば堂島では、私の親しい者を頼られるとよろしいかと。名を徳次郎《とくじろう》と申します」

鶴次郎が言った。

「徳次郎か、わかった。すまぬな」

「その者、鴻池で番頭をしております。筆頭格にて、米相場の内情にも精通しております。なにかとお役に立てばと存じます」

「それは心強い」

段兵衛は、鶴次郎に大きくうなずいた。

「ところで段兵衛、いつ出立する」

「数日中には、江戸を発とうと思うが、その前に、鶴次郎にはじっくり稽古をつけてやるぞ」

段兵衛はいかつい手で、小柄な鶴次郎の肩をたたいた。

「よろしくお頼み申しあげます」

鶴次郎は謙虚にそう言い、今度は一転闘志をみなぎらせて段兵衛を見つめた。

二

登城時、控の間に菊の間《きくのま》を利用する一万石大名の間に同盟が成立してから、早いもので五年の歳月が経っていた。

同盟の発起人の一人筑後三池藩主立花貫長は、いま参勤交代で国許にもどっているが、もう一人の発起人伊予小松《いよこまつ》藩主一柳頼邦《ひとつやなぎよりくに》は、江戸に出府しており、さらに禄高《ろくだか》五千石の、厳密には大名の資格さえ持たぬ足利家の末裔喜連川茂氏《きつれがわしげうじ》は一万石同盟に参加して、菊の間に顔を出している。

今日も深川《ふかがわ》門前仲町《なかちょう》の〈蓬莱屋《ほうらいや》〉一階奥の瀟洒《しょうしゃ》な一部屋にこの店の人気の芸者衆梅次《うめじ》、音吉《おときち》、染太郎《そめたろう》を集めて、三人はとりとめもない話題に花が咲いていた。

「それはまあ、干ばつが終わって豊作がつづき、百姓衆は大助かりなんでしょうねえ、でも、お米の値はちょっとばかり下がり過ぎちまってておりませんか」

梅次が、一柳頼邦に銚子《ちょうし》の酒を向けながら言った。

この界隈《かいわい》を訪れる酔客のうち、武家の客は米価が下がったおかげで俸禄が少なくなったと嘆くことしきりで、それだけに梅次は武士階級と言われる者に同情的である。

「だが、そなたらには米の値が下がるに越したことはないのではないか」

横から〈公方様《くぼうさま》〉喜連川茂氏の皮肉げな横やりが入った。

「わしらは、財布のなかが軽くなったような気がするがの……」

一柳頼邦も同様で、こちらはもろに梅次に毒づいた。

「そりゃ、あたしたちにとっちゃ、ありがたいことはありがたいですよ。三度のおまんまが、安くあがるんですからね。でも、お武家のお客さまが、お店に足が遠のいてしまっては、店もあたしたちも困るんですよ」

梅次がムキになってそう言って、俊平に笑いかえした。

「それは、そうかもしれぬ」

公方様喜連川茂氏が苦笑いした。

「だが、まことの話だ。米が出まわりすぎて、値はどんどん下がっておる。武士はいよいよかたちばかりの高楊枝《たかようじ》だ」

俊平が、隣に座した音吉に言えば、

「幕府は、そのあたり、いったいどう考えているのでしょうかねえ」

ひとつ隣の染太郎が、〈公方様〉喜連川茂氏に酒器を向けた。

武芸全般に長《た》けた力持ちでおおらかな茂氏は、将軍吉宗のお気に入りで、幕府中枢の動きにも詳しいと女たちに見られている。

「さてな。幕府としても、米の代金を現物で支給する取引ならともかく、米切手のものは、なかなか口出ししにくいようだ。ことに、先物《さきもの》の〈帳合米取引《ちょうあいまい》〉となると、もうお手上げと聞く」

俊平が笑いながら言った。

「帳合米取引って？」

わけがわからないという顔つきで首をかしげた音吉が、〈公方様〉に問いかえした。

「それは米の新しい売り買いの仕組みだ。売りたい時に買い手がつかぬでは、値は下がる一方となる。それを避けるため、先に時期を決めて、その時の値を売り買いする。つまり半年後、私はいくらなら米を売ると値をつけるわけだ。買った米切手を売る時のことまで考えて、前もって売っておくというわけだよ」

「なんだか、余計わからない」

音吉が、音《ね》をあげたように言った。

「つまり、買いの約束事を結んでおいて、ついでに反対に売りの約束も結ぶことで、売り買いを相殺《そうさい》しようという考え方だよ」

俊平が公方様に横から助け船を出したが、俊平もそんな人を煙に巻くような商いがそも成立することが不思議でならない。

「いわば博打に似たものらしいが、それでも、商いを円滑にするものならばと、幕府も目をつむることになった」

俊平が、女たちを見まわしてさらに言った。

「この仕組み、なんでも紅毛《こうもう》諸国にも無いそうで、世界で初めての試みだと聞いた」

公方様が、阿蘭陀《オランダ》通事《つうじ》から聞いたという話をみなに披露《ひろう》した。

「その架空の取引は置いておいて、米切手の取引については、幕府も米価を上げるため、いろいろな策を講じてきた」

「まあ、いったいどんな？」

俊平の言葉に梅次が小首をかしげた。

「堂島の有力商人に、一斉《いっせい》に米を買わせるという方法だよ」

「でも、どうして幕府はそんなことをするのかしら」

染太郎が、確認するように俊平に訊いた。

「それは、武士を救済するために決まっている。武士にとっては米価は高いほうがいいからね」

「それはそう」

梅次がそう言った時、二階で荒々しい物音があった。

客が暴れているらしい。

「騒がしいの、どこの誰であろう」

俊平が染太郎に訊ねた。

「あちらは加賀さま」

「加賀？」

俊平は興味深げに天井を見上げた。

加賀といえば、先日俊平のところに訪ねてきた前田直躬は加賀の重臣であった。

「どこまで話したかの」

公方様喜連川茂氏が梅次に問うた。

「だから、堂島の米問屋を結集して、米価の統制に当たろうしたのさ。他に堂島商人百三十名ほどを集めて、米の買い取りをするよう割り当てたりもしたそうだ」

俊平がまた思い出したように語った。

「幕府が半強制的に米を買えと言ったわけね」

梅次が俊平に問いかえした。

「そういうことだ。でも、なかなか町人は応じなかったよ。だから、あの時は米価の上昇は思うようにはいかなかった」

俊平は、数年前をかすかにまだ憶えている。

吉宗が米価を操作したが、結局わずかに上がってまた下落してしまった。

「たしか、大坂の町単位で買い持ちするよう触れが出たこともあったような気がする」

一柳頼邦が、昔を思い出して言った。

「そうそう、あの時、一時だけども効果があって米価は上がった。だが、上がりすぎて、下がらない。幕府は、一転して米価の抑制策に追われることになったよ」

俊平が言った。

上がり過ぎては、米を買う庶民から不満が出る。米価とはやっかいなものである。

「町人も激しいことをするからね。時に、町の機能が麻痺《まひ》してしまうほどの激しい打ち壊しも起こるのだ。そうなれば、世の中は不安のかたまりになる」

俊平は背筋をぶるんと震わせて言った。

「お米の値段の調整って、ほんとうに難しいものですねえ」

梅次が、溜息をついた。

「だが、このところまた米の値が下がりはじめた。そこで出されたのが、下限を設定する政策だ。米は一石《こく》につき、銀四十二匁《もんめ》以上で売り買いが行われるべしというものので、それ以下の場合は、買いを望むなら、一石につき銀十匁を上納すべしというものであった。だが、これも、じつはあまり成果が上がっていないそうだ」

「幕府の触れが遅れて出されるのは、今に始まったことではない」

公方様は、淡々と幕府を批判した。

「米の値を統制するのは、なんとも難しいものでございますね」

音吉が、そう言って公方様に相槌《あいづち》を打った。

「まことだよ。上様も、さんざんに米の値に振りまわされ、草臥《くたび》れているようだ。上様のことを、巷《ちまた》ではなんと呼んでるか知っているか」

一柳頼邦が、面白おかしく染太郎に訊ねた。

「まあ、知りません」

「米将軍と呼んでおるそうだ。むろん、これはよい意味ではないぞ。米価に振りまわされるばかりで、成果がいっこうに上がらない将軍というわけだ」

「まあ、上様がおかわいそう」

染太郎が、笑いながら言った。

「上様は武家の頭領《とうりょう》なんでございましょう。こう、大坂の商人どもを、ガツンとやってしまえばよいものを」

梅次が、笑いながら握り拳を突き上げた。

「そなたは、まこと町人ながら将軍の味方のようだの」

俊平も、面白がって梅次を見かえした。

「されば、ここは乗りかかった船。いま少し、米価というもの、あれこれ調べてみるとするか」

俊平は、やおら盃を取ってそう言い放つと、わずかに酔いのまわった顔を梅次に近づけた。

「ところで梅次、二階の部屋の連中に会うてみたいのだが……」

二階で大勢の加賀藩士が騒いでいたが、しだいに荒れて、物を投げたり、ぶち壊すような行動に出ている。

「まあ、柳生様が加賀の藩士とお会いするのでございますか。それはよろしうございますが、喧嘩はおよしくださいましね。店は、もう無茶苦茶になってしまいますから」

梅次が、大騒ぎになりそうと身を震わせた。

「なに、私はあの連中に敵対はせぬ。喧嘩はしないよ」

「それなら」

梅次は、大丈夫かと心配そうに俊平を見かえして、

「さ、こちらでございますよ」

廊下に出て二階に上がると、廊下を抜け、大勢の男たちが騒いでいる中央の大部屋をこっそりとのぞいた。

「なんだ、なんの用だ」

梅次に気づいて、いきなり部屋のなかから怒鳴りつけるような荒い声が聞こえてきた。

芸子連中が、心配そうにようすを見にきたのが面白くないらしい。

「まあ、そんな怖《こわ》い声をなさらなくても」

部屋の芸子が、大袈裟に応じている。

「なんだか、あの連中、やられっぱなしのようですよ」

梅次が、俊平に耳打ちした。

芸子のことではなく、加賀藩士のことである。

藩主流派への愚痴ばかりを言い放ち、荒れているという。

（守旧派は、押されっぱなしなのか）

俊平が苦笑いすれば、梅次はうなずいてまた部屋をのぞく。

と、また凄まじい物音がした。

茶器が割れ、男のわめく声が聞こえる。

「今のはなんだ」

ひっそり追ってきた公方様が、俊平の背後から梅次に背中越しに語りかけた。

「加賀さまですよ。あのお侍さま方、なんだか酒乱のよう。このところ、深酒になると、必ずああして荒れるんです」

部屋から逃げ出してきた芸子が言う。

俊平は話を聞き、柳生藩邸を訪ねてきた加賀藩重臣前田直躬を思い出した。

「なにやら、不満を溜めているようでございますね」

もう一人、俊平らの後を追ってきた染太郎が言う。

「さもありなん」

俊平が、にやりと笑ってうなずいた。

「加賀藩は財政難だそうでして、なにかと藩主側の者に制約をつけられ、息が詰まるなどと」

梅次と親しい例の年増《としま》の芸子が、顔を歪めて笑った。

「その割には、こうしたところで管《くだ》を巻いておるのだから、藩の統制とてさしたるものではあるまいに」

公方様が、笑って言う。

「あら、そうかしら」

梅次が、公方様茂氏を振りかえって言った。

「そうさ。あちらは、百万石。うちは五千石、制約というても、たかが知れておろう」

突き放すようにそう言う茂氏のところなどでは、藩士の家の生け垣の造作にまで、藩主が目を配っている。〈酔月《すいげつ》〉は藩の唯一の生産品である喜連川の銘酒なのだが、なんと茂氏が自ら江戸のほうぼうの茶屋に売り歩いているのである。

「はは、おぬしの苦労に比べれば、加賀藩の者など、甘い、甘い」

俊平がそう言い放ち、肩をたたいたところで、部屋のなかでふたたびなにかが割れる激しい音があった。

「これは、だいぶ荒れておるな」

最後についてきた一柳頼邦が、俊平の横に立って部屋のなかをのぞき込んだ。

「あたし、ようすを見てきます」

梅次が、うなずいて部屋に入っていった。

「あたしも」

音吉もそう言えば、染太郎も後についていく。俊平と公方様は、顔を見あわせて廊下で待った。

「それにしても、加賀の侍どもは、なぜあそこまで荒れているのだ」

茂氏が怪訝そうに俊平に問うた。

「おそらく藩内の抗争が、かなり進んでおるらしい」

俊平はそう憶測《おくそく》して、藩邸を訊ねてきた前田直躬の話をみなに披露した。

「なに、大坂堂島の米相場で加賀藩が不正を。だが、それなら取り締まらねばならぬぞ。俊平殿、ここは、そなたの出番だ」

茂氏が語気を強めれば、

「そうだ、そうだ」

と、一柳頼邦も俊平の肩をたたいた。

地道に財政再建にあたる彼らにしてみたら、米相場で不正をする加賀藩は許せないらしい。

「我らは、米の値でどれだけ苦汁を呑んできたか。俊平殿、厳しく取り締まってほしい」

茂氏が、念を押すように言う。

「まあ、それはそうなのだがの……、下手《へた》をすれば、藩内の抗争に利用されるだけかもしれぬのだ」

俊平は、弱り顔で言った。と、女たちが部屋からもどってくる。

「まったく、ひどい荒れようですよ。茶碗をたたきつけたり、お膳をひっくり返したり、百万石の器量なんて、かけらもない人たちなんだから」

梅次が、特にうんざりした口ぶりで言った。

「なんでも、御用部屋の連中が気に入らないそうですよ」

「やはり、御用部屋か――」

俊平が、前田直躬の話を思い返して納得した。

藩主の側近たちである。いずれも下級の若手藩士で、加賀八家の者を、軽んじるにもほどがあると、とうとう不満を述べていた。

「藩主派へ対抗する守旧派か。駄目な連中だの」

茂氏が俊平にそう言って、部屋のなかをうかがった。

「あの連中はみな、守旧派の保守層だ。前田の名のみを頼む煮ても焼いても食えぬ穀《ごく》つぶしだよ。身分を越えて抜擢された改革派が気にくわぬのだ」

俊平が言えば、公方様喜連川茂氏もふむふむと納得した。

「そう言えば、伝蔵、伝蔵とののしっていたわ」

梅次が言った。

「おお、その名はあの日も聞いた」

俊平が顎《あご》を撫でて言った。

藩邸を訪ねてきた前田直躬は、大槻伝蔵がいかにも憎らしげであった。

「なんでも、財政再建派は藩士に、厳しい倹約令を強《し》いているらしい。新税や公費の制限など、藩士に辛い施策を連発しているともいう。とにかく、財政再建のためなら、藩の身分制度など、まるでたっとぶ気はないらしい」

俊平が、前田直躬から聞いた話をみなに披露した。

「そんなことは言っておれぬほど、加賀藩は追い詰められているということだろう。その伝蔵という男、なかなかやりおるではないか」

茂氏が感心して言った。

公方様自身、自ら藩士に厳しい倹約を強《し》いているだけに、伝蔵に共感するところが大いにあるらしい。いや、質素倹約ということでは、伝蔵などまだ生温《なまぬる》いとさえ思っているのであろう。

「だが、米価の違法取引はいかんぞ」

茂氏は、あえてそう付け加えた。

「ま、それはさておき――」

俊平は、そう言い終えると、もうつかつかと大部屋に入り込んでいった。

部屋の男たちが、それに気づき、目を剝《む》いて俊平を見かえした。

「なんだ、こ奴」

加賀藩士の一人が、口を尖《とが》らせて言う。

「加賀さまのご重臣前田直躬さまに、お会いしたいと申されるお方をお連れしました。昵懇《じっこん》な間柄で、お屋敷を行き来されているそうにございます」

追ってきた梅次が、俊平から聞いた話をまじえて、上手《じょうず》に言いつくろうと、藩士は一瞬怪訝な顔をして俊平を見かえしたが、俊平はいち早くみなの背後に回って、

「おお、加賀藩の方々か。前田殿はこちらにおられようかの」

気さくに声をかけると、

「はて、そこもとは」

しきりに不平をもらしながら仲間と飲んでいた男が、酔いのまわった顔で俊平を見かえした。俊平をいちおう重要人物と見た男たちも、どう応じてよいかわからず、おろおろとしている。

「それがし、柳生藩藩主にて柳生俊平と申す。前田殿が我が藩邸をお訪ねになり、貴藩の内情をつぶさに伝えていただいた。だいぶ、お困りのようですな」

そう言って、居並ぶ酒膳の中央にどかりと座り込めば、

——なんだ、こ奴。

と白い目で見た藩士らが、みなあらたまり、

「これは、柳生様」

と、俊平を囲んで座り込んだ。

なかには、藩士の他に総髪黒紋服の侍がいる。

どこかの道場主のような風体《ふうてい》の男である。道場着を着けているが恰幅がよく、目つきが鋭い。

軍師風の袖無《そでな》し陣羽織《じんばおり》をはおっていた。料理茶屋では、大小を帳場に預ける決まりだが、この男は抱え込んで離さない。刀も丈が長い朱鞘《しゅざや》である。

その男が、俊平ににじり寄ってくると、じろりと俊平を見かえし、隣に座った。

にやりと俊平を見て笑う。

「それがし、直心影流《じきしんかげりゅう》荒又甚右衛門《あらまたじんえもん》と申す。お見知りおきを」

相手は、俊平を承知のようである。

荒又は黙々と俊平の隣で飲む。

「前田直躬殿は、宗家を護《まも》り支える加賀八家の出にて、前田家の現状を深く憂いておられる」

酔った藩士が、俊平に屈み込むように顔を近づけて言った。この男は、俊平がこちらのようすを見に来たと勘ぐったらしく、眼が疑り深い。

「聞いておるよ」

俊平は、にやりと笑ってその男を見かえした。

「それで直躬殿は、柳生殿にどこまでお話ししておられましたかな」

頭髪の薄い髷の小さな藩士が、訊ねた。

「加賀藩は、百万石の家格を維持するため、なにかと出費を増やしておる一方、領内の米作の不振により、財政は悪化。困っておると申されていた」

「さよう、さよう」

男たちは、まことに困っているようすだが、酒でふやけたその紅ら顔でさして困っている風でもない。酒膳を見まわせば、贅沢な品々が並ぶ。

「藩主前田吉徳殿は、足軽の三男で御居間坊主にすぎぬ大槻伝蔵を側近として重用《ちょうよう》、独裁体制を目指しておられる。身分制度を破壊し、倹約を強く推奨《すいしょう》するなど、行き過ぎた制限を設けて藩内は大混乱よ。我らのお味方、藩主のご長男の宗辰《むねとき》様は、大槻伝蔵を非難する弾劾書《だんがいしょ》を差し出しておられる」

「そのとおり」

数人の紅ら顔の藩士が、酔った大振りな所作で叫んだ。

「よくある話だな。倹約も時に行き過ぎ、藩内の不満を溜めることになる」

俊平が言えば、男たちは理解を得たとほくそえんだ。お銚子片手に、機嫌よく近づいてくる藩士もいる。

「ことに、伝蔵の幕府の法を無視した米相場への介入は見逃しがたい。前田殿は、そこもとにその点もご相談いたしたものと存ずる」

直心影流荒又甚右衛門が、ぬっと顔を寄せて俊平に言った。

「たしかに」

俊平は顎を撫で、うなずいた。

「このこと、それがしの耳に入った以上、いちおう上様にもご報告しておかねばならぬ。大槻伝蔵殿にも、いちどお会いして話をうかがっておきたいが」

俊平は近づいてきた若い藩士に言った。

「なに、あのような奴、放っておけばよい」

その目つきの鋭い若い男が言う。

「そうもならぬ。どこに行けば、お会いできるかの」

「さ、よくわからぬが、あ奴は、ご藩主の寵愛を受けておるゆえ、つねにご一緒じゃ」

若い藩士が、憎々しげに言う。

「ご藩主は、参勤交代で江戸に出府しておられる。きっと伝蔵も江戸藩邸におりましょう」

小太りの男が、俊平にうなずいてみせた。

「さようか」

俊平はそう言い、部屋を見まわした。

不平分子らは、大勢の芸者衆に酒を勧められ、すっかり腰を据えて飲みはじめている。後から部屋を訪ねた喜連川茂氏は、私も倹約精神では誰にも負けぬ、などと言いながら、若い藩士を説得しているところであった。

みな、半ば酩酊《めいてい》している。

一柳頼邦も、部屋にやってくると、さすがに小大名とはいえ三人の藩主がずらりと揃い、男たちはだいぶ小さくなっている。

梅次が、ちょっと得意気に部屋を見まわし、ほくそ笑んだ。

「柳生殿、どうかよしなに。大槻伝蔵の悪行、ぜひとも上様にお伝えくだされよ」

「このとおりでござる」

時がすすみ、男たちが盃を置き、あらためて俊平に頭を下げた。

「よしよし。上様にはよしなに伝えよう。それゆえ、この店ではもう暴れずにな。酒は愉快に飲むものだ」

俊平が、それぞれの肩をたたけば、

「それは、そうでござるな」

男たちは、苦笑いして幾度も頭を撫でた。

三

「あんたが、鶴次郎さんかい」

大御所こと二代目市川団十郎《いちかわだんじゆうろう》が、元大奥《おおおく》のお局《つぼね》の女たちが習い事を教える葺屋町《ふきやちよう》の女人の館《やかた》に付き人の達吉《たつきち》を連れて姿を現したのは、俊平が中村座を訪ねて五日ほど経った頃であった。

じつはその日、大御所が訪ねてくるというので、お局方は熱烈な歓迎ぶりで、朝からもう浮足立っていた。棒手振《ぼてふ》りの魚屋から活きのいい魚をどっさり買い込み、食事の支度に余念がない。

「本日は、平目《ひらめ》の良い物が手にはいりましたよ。こちらは、煮付けにいたします。刺身も、鰤《ぶり》、烏賊《いか》、貝類を取り揃えております」

元気にそうに言って、姉さん格の綾乃《あやの》が女たちに音頭をとっててきぱきと指図する。みな襷掛《たすきが》け。前掛けを着けて、館を駆けずりまわっている。

すっかり酒膳の支度もととのい、お局たちの中央に座した団十郎が、

「今日もお邪魔をするが、よろしく頼みますよ」

語りかければ、女たちは大袈裟な仕種でうなずいて見せた。

「今日は柳生様の紹介でね、加島屋江戸店の番頭殿に相場の仕込みを教えてもらいにきたのさ。とりとめのない用件ゆえ、これほどのもてなしを受けては、かえってすまぬ思いだよ」

団十郎は、頭を掻いて料理の品々を見渡し、

——貧乏臭いのが大嫌い。

という大奥上がりの派手好きの女たちが、腕によりをかけた料理に、あらためて目を瞠《みは》る。

「どういたしまして。これも、私たちのささやかな愉しみなのでございますよ。江戸いちばんの人気役者大御所団十郎さまをお迎えして、こうしてあたくしたちの手料理を食べていただけるなんて、もうこれ以上の喜びはございません。ささ」

綾乃がそう言って、さっそく豪華な赤漆《あかうるし》の酒器の酒を団十郎に向けた。

いずれも大奥づとめの長かったお局方だけに、道具の類《たぐい》は大奥払い下げの大切な品々で、どれもとびきり上等である。

本日の賓客《ひんきゃく》は、大御所市川団十郎だけではない。

俊平、伊茶夫婦、伊茶の兄伊予小松藩主一柳頼邦、さらに大柄な公方様こと喜連川茂氏も姿を見せて、にこやかに酒膳に箸をのばす。

それぞれ供も連れているので、なかなかの大賑わいであった。

このなかにあって、新顔として呼ばれてきたのが加島屋の江戸店番頭鶴次郎で、今日は女房のお峰《みね》を伴っている。

お峰は当時、堂島一だった大商人淀屋から暖簾分けされて、幕府に潰《つぶ》された淀屋を再興した牧田仁右衛門《まきたじんえもん》の娘である。

とはいえ、なにぶん田舎育ちのお峰だから、さすがにこうした華やかな席に圧倒されてしまったようだ、部屋の隅でちょっと小さくなっている。

「あんたが、前の淀屋さん、淀屋辰五郎《たつごろう》から暖簾分けされた牧田さんの娘さんだね」

団十郎に親しく言葉をかけられて、

「はい。峰と申します」

首をすくめて、お峰は声を固くして応えた。

「はは、お峰さん。今日は鶴次郎さんともども、あなた方が主役なんだ。そんなに固くならずに、もっと威張《いば》っていればいいんだよ」

横から、俊平が笑いながら声をかければ、峰もようやく気持ちがほぐれたのか、

「わかりました。それじゃあ、威張ってみます」

と、大きな声で答え、こんどは一転して、みなを睥睨《へいげい》するように見まわした。

「そうだ。その調子だよ、それでこそ、淀屋の娘さんだ」

公方様喜連川茂氏も、にこにこと笑って語りかける。

「じつはね。大坂の歌舞伎役者芳澤《よしざわ》あやめに誘われて、私も米相場で遊んでみる気に

なったんだよ。といっても、私はズブの素人《しろうと》だから、詳しいことはさっぱりわからない。その道のあんた方から、いろいろ教えてほしいと思ったのだよ」

団十郎が屈託のない調子で語りかけ、お峰の猪口に酒器を向けた。

「団十郎さま、でも、私は正直ちょっと心配しておりますよ」

真顔になって顔を曇らせ口をはさんだのは、今日も男装姿の伊茶であった。

「堂島という所は、生き馬の目を抜くような場所と聞いております。根っからの素人《しろうと》である団十郎さまが、ひょいと飛び込んで、簡単に儲けることなどできるものでしょうか」

「それは、そうです」

お峰が太い声で応じた。

「だから、自分の判断ではやらないほうがいいと思います」

お峰は、きっぱりと言いきった。

「じゃあ、いったい誰に従えばいいんだい」

団十郎が、困ったようにお峰に訊ねた。

「さあ」

お峰にしても、そう訊かれてすぐに即答できるわけもなく、亭主の鶴次郎に顔を向

けた。鶴次郎もしばし困惑して考えていたが、

「大坂の加島屋の大将は、たしかに腕がいい。大将の相場勘に頼ってみるのもいいが、大将が素人に簡単に相乗りさせてくれるだろうか」

峰と顔を見合わせて、首をかしげながら言う。

「話を聞けば、役者の芳澤あやめは、大坂で鴻池の相場に乗っかったと言っていたよ」

「鴻池ねえ、それは大したもんだ。鴻池は幕府の役人から前もって政策を知らされているという。強いよ。だが、それは大御所、大坂だからできたんだろう。江戸にいたんじゃ、ちょっと難しいよ」

公方様喜連川茂氏が、横から口を挟んだ。

「そうかい。だが、どっちにしても、勝負するなら、誰かに金を預けて大坂で運用してもらうことを考えなくちゃならないね」

一柳頼邦が、その鼠顔《ねずみがお》をちょっと歪めて言った。

どこか頼りなげでも、領国経営はなかなかのもの、塩の販売や領海の漁業権貸与などで、頼邦は実績を積んでいる。その頼邦の言葉には、団十郎も素直に耳を傾ける。

「ともかく、誰かに預けるとしよう。番頭さん、いい人を知りませんかね」

団十郎が、鶴次郎に声をかけた。

「さあ、わたしにも、鴻池に友人はいますよ。番頭の徳次郎さんて言うんだけど。そうだね、その人に頼めば、いい結果を出してくれるかもしれないな」

「鴻池は、大手も大手だ。芳澤あやめも鴻池に乗って、儲けたと聞く。よし、ならば徳次郎さんに頼もう」

大御所は、手を打って喜んだ。

俊平は、苦笑いして大御所を見かえした。

当代の鴻池は、なるほど幕府に匹敵するほどの金を持つ大商人と噂されるが、あくどい儲け手法で名を馳せているらしい。その鴻池の番頭に頼むというので、俊平はちょっと心配になった。

「大丈夫かい、鴻池で」

公方様も、心配して大御所に確認した。

「いやァ、蛇《じゃ》の道は蛇《へび》だよ。悪名高い鴻池だからこそ、かえってうまくやってくれるかもしれねえ」

大御所は太っ腹で、さして気にするふうもない。

「で、大御所。いくら賭けるんだ」

横あいから、一柳頼邦が訊いた。

「貯め込んだ金が千両ほどある。どうせ、あぶく銭だ。全部賭けますよ。私はそれで儲けて、自分の芝居小屋を建てるつもりなんだ。むろん、それくらいじゃ無理だろうが、おいおい増やしていって、いつか建ててみせまさァ」

「凄いねえ、団十郎さん。あんたの一座は、とうとう自力で芝居小屋まで建てるってかい。話が大きくていい」

俊平も、思わずその大御所の大構想に唸った。

「よし、で、その千両は、どう大坂に届ける」

公方様が、調子に乗って膝を立て、大御所に訊ねた。

「金飛脚《かねびきゃく》というのがありますよ。幕府の公金を運ぶ場合もあるが、もちろん個人の金も請け負う。それを使うといいです」

鶴次郎が言う。

お峰も、大きくうなずいた。

「それ、大丈夫なんですか」

伊茶が、心配顔で訊ねた。千両もの金を飛脚に預けて無事大坂まで運んでくれるか気がかりであった。

「大丈夫。飛脚といっても頼りになる連中だよ」

茂氏は、だいぶ飛脚の世界のことは詳しいのか、胸を張って請け合った。

しばし、上野《こうずけ》や喜連川藩まで飛脚を使うらしい。

「金飛脚は、私も聞いたことがあるよ」

畿内《きない》の大和柳生に領地を持つ俊平もうなずいた。

金飛脚は高額だが、信頼できる業者が責任をもって受け継いでいく。何十人もの飛脚が引き継ぎ、引き継ぎ、運んでいくのだ。

「で、鶴次郎さん。あんたの友人の鴻池の徳次郎さんとは、どんなお人だね」

「下積みが長かったが、このところどんどん頭角《とうかく》を現してきましてね。大旦那の信頼もすこぶる厚いそうです。扱う金も相当なものらしい」

「そうか。それは頼もしい。うまく運用してくれたら、一割ほど礼金を払うと伝えてやってくれ」

団十郎が、鶴次郎の肩を取って言った。

「徳次郎も、それを聞いてきっと喜びますよ」

「そうかい。ならば話は決まった」

大御所団十郎は、大喜びで一同を見まわすと、

「もうこれで、自前の芝居小屋はできたも同然だよ」

と、有頂天になって言った。

「だが、芝居小屋は幕府の公認だよ。幕府の役人が了承《りょうしょう》しないかぎり、金はあっても小屋は建てられないものだ。俊平殿、力になってやってくれぬか」

公方様が、大きな体を折って俊平に向かって言えば、俊平も安請け合いはできないが、骨を折ってやりたい気分になっている。

「だがな、私はただの剣術指南役。できることはたかが知れているよ」

「なあに。俊平殿は上様のおぼえめでたいよ。だが、そんな心配はまだ早い。まずは相場に勝つことだ」

公方様が言えば、大御所団十郎も自信ありげに、

「それは、大丈夫だ」

と、にんまり微笑んだ。大御所は、博打には自信ありげである。

「ならば、今日は前祝いといきましょう」

派手なことの大好きな大御所の付き人達吉だけに、調子に乗って両手を広げ、

「みなさん、手拍子《てびょうし》を」

と、すぐにおどけて見せた。

りであった。

「いやいや、達吉、ちょっとそれは気が早いよ」
俊平が諭せば、鶴次郎もお峰も、こんな調子の男たちを前に、目を白黒させるばか

四

「柳生様。その加賀藩の米の違法買い付けの話、聞いてるかぎりじゃ、どっちも大し
たことにはなりそうもありませんぜ」
大御所二代目市川団十郎は、そう言って銀煙管《ぎせる》の雁首を煙草盆《たばこぼん》でポンとたたくと、
読みかけの台本も脇に投げて、俊平に向き直った。
いつも気楽に弟子を受け入れ、演技指導に熱心な大御所団十郎は、部屋いっぱいに
待たせている弟子などいつしか忘れてしまい、他のことを熱心に始めてしまう。
弟子たちはそんな大御所を見て、仲間どうし勝手に、演技の話を始めている。
俊平は五日ぶりに中村座に顔を出すと、大御所は次の演目の通し稽古を終えたばか
りで、ひと息ついているところであったが、心はもうすっかり堂島に飛んでいるらし
い。

「どういうことだね、大御所」

俊平は出された大ぶりの湯飲み茶碗をがっしり摑んで大御所に訊ねた。

「いえね。手旗信号など、今じゃ相場にかかわる者なら、一度は手を出すといいますよ」

「もう公然たる秘密となっているとは聞いたが、それほどに行われているのか」

俊平はあきれたように大御所を見かえし、苦笑いした。

「もう米相場の動きは、大坂から広島まで半刻（一時間）、京辺りまでは四半刻もかからず伝わっていまさァ」

「時代はどんどん早さ比べがすすんでいるのか。それにしても、四半刻もかからずかい！　もはや、忍びの者の狼煙《のろし》など、形無しだな」

俊平はあきれ顔で大御所と笑いあう。

「そんなことらしくてね。もう当たり前で。報せの内容も騙《だま》し騙《だま》され、報せの真偽の見きわめが大事なんだそうで」

大御所も笑いながら言う。

「それにしても、手旗だけで、よくそこまでのことができるものだな」

俊平は茶碗を摑んだまま飲むこともすっかり忘れて、大御所の話に聞き入った。

「まあ、肉眼だけじゃ、とても無理な話ですがね」

「ならば、なにを使うんだい」

「遠眼鏡を、使うんだそうで」

「ほう、遠眼鏡か。それは思いもよらなかったな」

俊平は、すっかり感心して大御所を見かえした。

遠眼鏡は、江戸時代の初期からこの国に入っている。だが、そのような使い方は俊平も初耳である。

「で、どうするんだい」

「まずは、堂島の取引所の屋根に、櫓《やぐら》を組みまさァ。そこから、米の値段を手旗信号で送るわけで。中継地の山の上で、その手旗信号を遠眼鏡を使って読み取って、それから次の中継地に送るという寸法で」

「取引所の屋根に櫓か。ならば、そもそも取引所も相場師の仲間ということになるではないか」

「はは、そうなりますか。詳しいことは、あっしも知りませんが」

大御所も、わけがわからないという顔で首をかしげた。

「しかし、それなら話はちがってくるぞ。加賀藩はまねただけだ。あの藩ひとりが悪いわけでないことになろう」

「まあ、そうなりますねえ」

大御所市川団十郎は、笑ってまた煙管をくわえた。

「だが、大御所。あんたはなぜ、そんなことを知っているのだ」

俊平があらためて、不思議そうに団十郎を見かえした。

「いえね。前にも話しましたが、この間、大坂の千両役者芳澤あやめが、江戸にやってきましてね。米相場の話をあれこれ話してくれたんで」

「大坂の千両役者は、なかなか利に聡《さと》いね。それにしても、歌舞伎役者がねえ」

「それが、柳生様。千両役者だけに、使い途《みち》のねえ金がたんとあるんでさあ。それで、米相場に手を出したってわけで。といっても、現物の米がなくてもやれる帳合米商いのほうですがね。それが当たった。で、団十郎さん、あんたもやってみねえかと、誘いを受けたしだいで」

「いやいや、驚いたね。あの女形の名優がね」

俊平は、一瞬言葉を失い大御所を見かえした。

「これじゃ、幕府が商人の相場に負けてしまうのも無理はないね」

「まったくでございますよ。あ、こりゃあ」

大御所が笑ってうなずいてから、俊平が大名であることを思い出して頭を撫でた。

「で、大御所、いよいよ相場に出ていく気を固めたようだね」

「まあ、ここは江戸だし、大坂の動きがわからねえから、危なすぎる気もするんですがね。でも、博打好きは天性のものでね。どうも止まらねえ。そうなると、一任するしかねえが、やはり、鶴次郎さんのいう鴻池の番頭」

「そうだね。ひとまず鶴次郎の言ったとおりにしたらいい。あいつはまじめだ」

俊平は大御所とそんな話をしたところで、その日は早々に中村座を後にした。

老中から書状が届き、加賀藩筆頭家老の本多政昌《まさあきら》と連絡がとれたので、その日の四つ（午後四時）、本所《ほんじょ》は竪《たて》川沿いの船宿〈都鳥《みやこどり》〉に向かってみるようにとあった。

供もつれずに、お忍び姿のまま、〈都鳥〉に飛んでいくと、温厚な武士が一人静かに俊平を待っていた。

## 五

「まこと、それがしは微妙な立場でござってな」

本多政昌は聡明そうな双眸《そうぼう》をゆっくりと動かした。

将軍吉宗が、

――まずは、加賀藩の内情を本多から聞いてみるのも悪くはあるまい。

と教えてくれた人物で、どこまでの話が聞けるかわからなかっただけに、俊平は肩を落とした。

本多政昌は加賀藩随一の高禄を食む藩士《はんし》である。しかも、ただの藩士ではなく幕府から派遣されたお目付役であった。

本多家といえば、徳川家の重臣本多正信《まさのぶ》が名高いが、その次男政重《まさしげ》は、御三家にそれぞれ見張り役として附家老《つけがろう》があるように、加賀藩に付け（割当て）られている。

それ以前、本多家は、幕府によって敵軍に送り込まれ、関ヶ原の戦いではなんと西軍につき、慶長《けいちょう》九年には上杉景勝《うえすぎかげかつ》の執政直江兼続《なおえかねつぐ》の養子となるなど数奇な変遷を遂げてきた。

慶長十年（一六〇四）には、加賀藩に移って今の地位を得た。

そのため、これまでの加賀藩主は本多家を、藩を後押しさせるその特殊な立場に置くべく、本多家を中心に合議制が布かれ、藩政を行ってきた。

加賀藩にあって、本多家は異例とも言える五万石。

戦時にあっては前田家で軍団の指揮をとる加賀八家の一家であり、その重みはその一挙手一投足《いっきょしゅいっとうそく》に現れている。

本多家は、前田家中でも別格の扱いで、筆頭家老の地位にあった。

だが、先代藩主綱紀からこの流れが変わり、財政改革のため藩主専制ともいえる強引なやり方が追求されるようになると、本多家の役割もしだいに小さいものになっている。本多への配慮など気にせず、藩の再建が着々とすすめられたからである。

「いや、お話はご重臣の前田直躬殿からうかがいましたが」

「さようか」

「私に加賀藩の内情をお訊ねとのこと、影目付の重責におられる柳生殿からお呼び出しとあらば、我が立場からは知るかぎりのことをお話しせねばなるまいが」

そうは言うものの、本多の口ぶりはあまり積極的なものではない。老中が俊平のため手配、本多がいやいややってきたといったところらしい。

「じつのところ、当家は今、藩内ではいわばつまはじき状態にありましてな。さしてお話しできることもないのが実情――」

本多政昌は、ふくよかな笑みを俊平に向け、その端整《たんせい》な顔に小皺《こじわ》をつくってぼやいた。

「微妙と申されても、なになに、前田家における本多殿の役割はきわめて大きうござる」

俊平が、鷹揚に政昌の言葉を受け止め、否定すると、

「いやいや、これは、まことのことでござる。近頃は、前田家の年寄役として棚に上げられ暇になりましてな」

と、ふたたび本多政昌はぼやいた。

「ほう、年寄役ですか――」

「先代藩主綱紀様、当代吉徳様は財政改革に忙しく、〈御部屋衆〉を最優先にお使いになられておられるが、八家のほうを振りかえろうとはなさらぬ。まあ、そのようなことをしていては、改革もままならぬのであろうか」

本多政昌は、藩主吉徳に対しても、守旧派一派に対してもあまり悪くは言わず、均整のとれた立場で説明する。

俊平は、あらためて政昌を見かえした。

よく聞けば、加賀藩の二人の藩主に、政昌は不服を感じているようにも聞こえるが、改革をすすめようとしない守旧派にも不満を抱いているように思われる。

「加賀藩における本多家の立場から、公平なお考えをお持ちであることはわかりますが、加賀藩の守旧派の八家の側の問題にはやや厳しく申されておられるようだが」

俊平は、率直な口ぶりで本多の意見を促した。

「はは、柳生殿にはそのように聞こえますかな。ま、そうかもしれませぬ。役儀柄、前田家全体を見る習慣がついておりましてな。それでも財政の改革が急務であろうことはよく承知しております」

「さようであろう。されば、率直にうかがいたい。守旧派の問題点はどのようなところに」

政昌は、ふたたび俊平に訊ねられ、言葉を選んでから、

「あの方々は、いかにも贅沢な方々です」

と言った。

「百万石の外様《とざま》大名は他になく、それだけに、いささかその大藩ゆえの安泰にあぐらをかいて、体面のために金を遣われるところもござる」

「はは、それはうらやましいかぎり。本多殿とて、幕府に対しては陪臣なれど、五万石の大身。もはや、小大名家を凌いでおりまするぞ。ちなみに、柳生家は一万石でござる」

俊平は苦笑いして、本多政昌を見かえした。

「それを、申されるな」

本多はうつむきかげんに笑って、

「そうは申しても、本多家は陪臣、柳生殿のような大名ではない」

俊平を遮った。

「ご謙遜を。して、その本多家は、大槻伝蔵の独走をどう見ておられるな」

俊平は、遠慮がちな小口をきく本多政昌に踏み込み、身を乗り出した。

小女《こおんな》が、注文を取りにくる。

船宿〈都鳥〉は江戸前の魚介が自慢らしく、俊平はその二品を注文して、やおら本多政昌に向き直ると、

「話は、大槻伝蔵でござるが」

俊平は、さらに斬り込んでいった。

「されば、影目付の噂が高い柳生殿が、伝蔵をお調べになっておられるところを見ると、さしずめ、相場の件ではござらぬか」

政昌は一変して硬い表情となり、俊平を凝視した。

「おわかりか。図星です」

「されば、いささか大槻伝蔵、小賢《こざか》しくはあるが、それがし、ようやっておるとは、見ております」

それは意外なことと、俊平は政昌を見かえした。

どうやら影目付が伝蔵を追及しはじめたと見た政昌は、大槻伝蔵を護《まも》らねばと考えた発言らしい。

「いやいや、見るところ、前田家の財政難はそこまで来ておりまする。このままではいずれ、にっちもさっちもいかぬことに成るは必定。いささか荒々しくとも、大鉈《おおなた》を振るう者がおらねば、前田家は修復不可能となりまする。たしかに伝蔵は、小癪《こしゃく》な男でござるが」

「さようか」

俊平は、大きく吐息して本多政昌を見かえした。

これまで、俊平は伝蔵に対し、さほど批判的な眼差しを向けていたつもりはないが、それ以上に見方をあらためねばならぬかと思った。

それほどに、本多政昌は伝蔵を褒めている。

「だが幕府は、手旗を使って同業者を出し抜くなど、違法なる行為も問題にしておりまするぞ」

「そのこと。しかしながら、当方が独自に調べたところ、手旗の交信は、今や当たり前のことにござる」

本多はそう言って、膝を乗り出して抗弁《こうべん》した。

「あなたの口から、そのような話を聞くとは思いませなんだ」

俊平は、驚いて本多政昌を見かえした。

「とはいえ、幕府がお怒りになるのも、ごもっとも」

「あ、いや」

俊平は酒器の酒を猪口に注ぎ、

「どうしたらよろしいか」

再度本多政昌を見かえして訊いた。

「それとなく、伝蔵に注意なされるのがよろしいかと」

「ふむ、それとなくでござるな」

本多の見方は、なるほど温厚で考え方も順当。自分の影目付としての役目が小さくなったことに、俊平は安堵した。

俊平は話を聞いて、おそらく上様の匙加減《さじかげん》もそのあたりに落ち着くはずであろうと思った。

「これは、いささか出すぎた意見かもしれぬ。本多家としては、前田家に長らく仕えるゆえ、いつの間にやら前田のご本家に肩入れするようになっておるのやもしれませぬな」

本多政昌は、そう言って笑った。

「しかしながら、本多家らしい不変不動の姿勢は、まことにご立派と存ずる」

俊平は、まっすぐに政昌を見てうなずいた。

「いやいや、それほどのことはござらぬ。我らも前田家の家臣ゆえ、御家が潰れては困るゆえと申しておりまする。人は、まず食わねばなりませぬでな」

「されば、これよりは前田家の内情についても詳しくお話をお聞かせいただきたいが、よろしいか」

俊平が、この男の話なら信用がおけると笑って身を乗り出した。

「されば、わかる範囲でお話しいたそうぞ」

本多政昌は、率直な口ぶりで応じた。

「しからば正直のところ、今のご藩主前田吉徳殿は、どのようなお方でござろうな」

「はて、ずばりお訊ねになられたな」

政昌は、にたりと笑って目を細め、俊平を見かえした。

「英邁《えいまい》なお方と存ずる」

盃を置き、政昌はきっぱりと言った。

「ほう。率直に申しあげて、ご承知のごとく、前田という家は、時の権力者には上手《うま》く妥協し、協力的。そうして家を護ってきた。いささか卑屈なほどに」

「はい」

政昌はわずかに顔を傾け、上目づかいに俊平を見て、

「さようでござる。徳川家にもきわめて従順。本多家の立場も素直に受け入れ、八家とともに協調して藩政を行ってこられた」

「それだからこそ、これほどの外様大名が今に長らえてきたとも申せましょう」

俊平は、同じ見方をしていたためすぐに同意した。

「さよう。だが、それゆえに無駄な話し合いも多く、また大藩ゆえに見栄のため多額の金が外に流れた。それでは藩がもたぬと先の藩主殿あたりから、権力をにわかに藩主に集中しはじめた。それが、あまりにも急激だったため、いささか摩擦《まさつ》も生まれたと申せましょう」

「なるほど、本多殿はその前田家の変貌を、いたしかたのないことと思っておられるのだな」

「私は正直、そう思うております。前田家も伸《の》るか反《そ》るかのところに来ておるような気がいたす」

本多政昌は、そう言って盃を手にとった。

一気に飲み干すその姿は堂々としている。

「いやいや、本多殿は、まことに公平なものの見方をなされておられる」

俊平は目を細めて本多政昌の姿を見つめて言った。

「はて、さようかの」

本多政昌は笑って俊平を見かえして笑うと、料理に箸をのばした。

「率直にうかがおう。前田家は、今どのような状態なのでござろう」

「すでに騒動に近いと申せましょう」

「騒動と！」

「藩内は二つに割れております。藩主前田吉徳様に対し、お世継ぎ候補宗辰様は守旧派に担がれ、親子にて対立を深めております」

「されば、本多殿はこたびの騒動、どのような方向に流れてゆくと」

「願わくば、財政の問題が片づき、藩政が順調に改善されていけばよいと思います。さすれば、守旧派の不満もやわらいでいくことでしょう」

「その再建策は、功《こう》を奏《そう》しておられるのか」

「大きな落ち込みはなくなったが、まだまだ回復したとは言えませぬな。むしろ難しい状況となったと言えよう」

「難しい状況？」

「守旧派が頑《かたく》なになって、財政再建にいっさい協力せぬ姿勢」

「それは、困りましたな」

「まことに」

次の膳が、運ばれてくる。

それ以上はもはや言うてもせんないことと考えたか、本多政昌は黙々と箸をすすめた。

俊平ももはや、加賀藩の内紛は簡単には終わるまいと腹を括《くく》ると、打ち解けたようすで料理に箸をつけはじめた。

料理の品々は、江戸前の小料理を集めたほどのもので、大したものではないが、この店の料理には定評がある。わざわざ常陸国《ひたちのくに》辺りから、魚介が船で運ばれてくるらしい。

「この吸い物も、飯も、よい味つけでござるな」

本多政昌が顔をほころばす。

「ほどよい味加減でござるよ」

「加賀といえば海の幸の宝庫。国表には、旨《うま》いものがふんだんにござろうな」

「それはもう。海老《えび》、蟹《かに》など、美味でござるぞ。本多家も二代政重《まさのぶ》の頃より諸国を点々といたしたが、加賀に移って後のいちばんの僥倖《ぎょうこう》は、なんと言っても海の幸であろう」

「それは、上々」

俊平はにこりと笑って小鉢をつつきながら、ゆったりと本多政昌を見かえした。

「我が本多家は、初代正信以来、徳川家の家臣となりはいたしましたものの、独立不《どくりつふ》羈《き》の精神は残しておりまする」

「面白い」

「一向一揆《いっこういっき》に加わり、織田信長《おだのぶなが》に弓したこともござったし、上杉《うえすぎ》家に仕え、または宇《う》喜多《きた》家に仕え、西軍に属して徳川に矢を向けたこともござった。前田家のお目付役となった後も、つねに幕府にも前田家にも一定の距離を取り、物を見る公平な視点を残してきたつもり。それゆえ、前田家に溺《おぼ》れることも、守旧派の加賀八家側に属することもなく、今日《こんにち》にいった次第でござる」

「さようか。本多家のお立場はよくわかりましたぞ」

俊平は、目を大きく見開いて政昌を見かえし、満足な気分で酒器の酒を向けた。

「今宵《こよい》は、我が本多家の理解者がえられた思い。それがし、大いに嬉しうござる」

政昌も、大きく微笑みかえした。今度は政昌が酒器を取って俊平に向ける。

「大槻伝蔵という男、にわかの出世ゆえ、いささか思い上がったところもござるが、悪い男ではない。また、幕府の法に触れるところもあろうが、大目に見てやってくだされ。お願いいたす」

本多政昌は、意外にも素直な表情で頭を下げた。

「じつは、上様もそのように申されておられた。されば、いちど大槻伝蔵に会ってみましょうかの」

「それが、よろしい」

政昌は、俊平を見て満足そうにうなずいた。

ふと、川に沿った二階から下を眺めれば夕陽が川面を染めて紅い。

「して、守旧派の八家の動きだが……」

俊平の残す関心は、こちらにあった。

対立する御家騒動の一方がなんとも頑迷《がんめい》、どちらかと言えばこちらが騒動を大きくしているようすでもある。

「いずこの藩も、ようすは同じようなものであろうが、藩内に利権の網を張りめぐらせておりましての。虫も食らう野の草のごとく、利を見れば執拗《しつよう》に食らいついてくる。なんとかできぬものかと思いまする」

政昌は、酒が回ってきたのか、飾ることなく守旧派の非難を始めた。

「さようか。されば、これより後は警戒するよりあるまい」

俊平はそう言って、顎を引き、厳しい眼差しを政昌に向けた。

「しかし、そのように申されても、いまひとつわかりかねる」

「なにがでござろう」

「なんとかできぬものかとは、いささか言葉が激しすぎる」

「じつは、守旧派は、私に張りついてようすをうかがっているのだ」

守旧派は思いの外《ほか》疑り深く、本多家にも疑念の目を向けているらしい。

俊平は、本多政昌に張りつく不快な影を思い浮かべた。

「それは、鬱陶《うつとう》しかろうな」

「なに、気にせぬこと。それはそうと、いかがであろう」

本多政昌は、両袖に拳をつっ込み、ぶるんと震えた。

夜も迫って寒さが応えるらしい。

「炬燵《こたつ》など、持ってこさせようか」

「あ、いや。これより先は、船で飲みませぬかの。そのほうが、好きなことを好きなように言えそうだ。船にも炬燵はある」

本多政昌が、もういちどぶるんと身を震わせて言った。

「それはよい。屋根船《やねぶね》でござるか」

俊平も、その気になっている。

「船のなかなれば、なにを言うても聞かれることはない。女将に言って用意してもらおう。ゆるりと深川辺りに出て、それからお別れいたそう」

「おお、よい、よい」

本多政昌は、ぐらりと上体を揺らせて立ち上がると、ふと俊平を振りかえり、

「あ、そうであった。じつはな、柳生殿」

と声をかけた。

「それがし、いささか剣をたしなんでおるが、その剣、じつは柳生新陰流でしてな」

にこりと笑って言った。

「まことでござるか」

俊平は大きく破顔して、

「しかし、それは尾張柳生でござろう」

「いやいや、江戸柳生でござるぞ。柳生但馬守《たじまのかみ》殿の高弟牧村大次郎《まきむらだいじろう》殿が、加賀の地に広めたものと聞いておる」

「それは、それは」

政昌の肩に手を添え、連れ立って〈都鳥〉を出ると、船はすでに準備できている。

店の裏手から屋根船で竪川に乗り出し、さらに大川へ繰り出すと、三日月《みかづき》が夜空に凜《りん》と輝いていた。

船の暖房と言えば、小さな置き炬燵が一つだが、差し向かいに船宿の心尽くしの小料理に箸を延ばせば、こころ暖かい。

俊平は気心の通じる本多政昌と、ふたたび差しつ差されつ、一刻の間船談議を愉《たの》しみながら深川へと向かった。

その話のほとんどは、本多家の気苦労である。だが、それを聞くのも一興である。

船を降り、深川の賑わいに身を置けば、深川仲町あたり、その不夜城ぶりは息を飲むほど華やかである。

「江戸の町は、まことに眠りませぬな」

俊平が、辺りを見まわし唸るように言えば、

「まことに」

本多政昌も、大きくうなずく。

俊平も本多政昌も、それぞれ用人を連れていたが、惣右衛門も、政昌の連れも、供であることを忘れたかのように、辺りの光景に目を輝かせている。

「されば今宵は、これまでといたそう」

本多政昌が言えば、

「さようですな」

俊平が微笑みかえした。

「我らは、ちとどこかに寄って、それから藩邸にもどるといたそう」

政昌と離れて、惣右衛門に声をかければ、

「いやいや。殿、これは、我慢のしどころでございますぞ。素直にお屋敷にもどられませ。みなも待っております」

と惣右衛門が厳しい口調で言う。

「さすがに、そちは我慢強いの」

俊平が苦笑いして振りかえれば、本多主従はだいぶ先を歩いている。どこかに寄るらしい。

「本多殿のところは、我らとはちがいまするな」

「いえ、とくに。我らは、これからまだ用事がございます。これだから、前田家は財政難がとまらぬと言われるのでございましょう」

「そうかの」

俊平が苦笑いしたその時、いきなり銃声があがり、政昌が前のめりに崩れた。

何処《どこ》からともなく、短筒《たんづつ》が撃ちかけられ、政昌のどこかに当たったようであった。

「大丈夫かッ！」

俊平と惣右衛門が、政昌に駆け寄っていくと、
政昌は用人に抱えられ、苦しそうに片膝を立てて痛みに耐えている。

「急ぎ手当を！」

俊平は、政昌の用人に声をかけた。

「なんの、これしき、大丈夫じゃよ」

本多政昌が、落ち着いた口ぶりで言った。

あらためて辺りを見渡すが、さすがに深川仲町の雑踏は人通りが多く、どこから狙いかけてきたものか見当もつかない。

「して、お怪我は！」

「羨ましいか」

俊平はふたたび本多政昌に駆け寄り、屈み込んでようすをうかがうと、政昌の顔はすでに蒼白、羽織の肩の辺りが千切れ肌着が血に染まっている。

「なに、弾が肩を擦《かす》っただけのことだ。射抜いてはおらぬ」

政昌は、喘《あえ》ぎながらもことさら冷静に言った。

惣右衛門が、政昌の肩をはだけて下着を裂く。

「さ、これを――」

政昌に手拭いを差し出すと、用人がそれを受けとり、政昌の傷口に押し当てた。

すぐに血が滲《にじ》んで、赤く染まる。

手拭いが傷口に触れてか、政昌の顔が歪んだ。

「たしかに、弾は逸《そ》れている。それにしても、何者が……」

俊平は、ふたたび雑踏を見まわした。

彼方《かなた》、数人の紋服姿の侍が、足早に駆け去っていくのが見えた。

「あの者らでは」

俊平が、顎で指し、惣右衛門に向かって言った。

「おそらく」

惣右衛門もうなずいた。

「おのれッ」

政昌が太刀をひっ摑んで男たちを追おうとしたが、痛みに堪えきれず、またすぐに地に崩れた。

「ご無理をなされるな。おそらく守旧派の者らであろうが、それにしてもよもや本多殿まで」

「心狭き者らよ。柳生殿とご一緒であることに腹を立てたか」

政昌は、憎々しげに男たちの消えた闇を睨んだ。

「それにしても、本多殿が私と会うことを、どこで嗅ぎつけたのであろうか」

「さて、見当もつかぬ……」

政昌は、重い吐息とともに言った。

「おそらく、本多殿が私に彼らの非難をするとでも思っていたのであろう。本多殿が、決して守旧派と心がひとつではないことを、あの者らはすでに心得ておっただろうか」

「私は、たしかに大槻伝蔵を擁護《ようご》する発言をすることも時にはあった」

「やはりな。ところで大丈夫か。駕籠を呼ぼうか」

「なんの。なんとか帰れそうだ」

政昌が刀を杖にして、よろけながら立ち上がった。

俊平は加賀藩守旧派と思《おぼ》しき輩《やから》の消えた路地の向こうをふたたび見つめた。

俊平は、己が知らず知らずのうちに加賀藩御家騒動の渦中《かちゅう》に、深く入り込んでしまっていることに気づいて、愕然《がくぜん》とした。

惣右衛門が、不安そうに俊平と政昌を見くらべている。

# 第三章　御家騒動

## 一

「御前、本多様を狙ったのは、やはり加賀藩守旧派の連中と思われます」

幕府お庭番遠耳《とうみみ》の玄蔵《げんぞう》は、柳生藩邸の中奥《なかおく》藩主居室に小袖の裾をかい込んでどかりと腰を下ろすと、そう言って懐から一枚の書付を取り出した。

それを、眼で追いながら玄蔵は、

「加賀藩には、代表的な同族の家が八つございまして」

「うむ。それは、すでに前田直躬殿から聞いておる。加賀八家であろう」

俊平は頷いて、手にした白扇《はくせん》をたたみ、玄蔵の手元に目をやった。

「本多家は筆頭家老にございますな。これは同族ではございませぬが……」

「本多家が筆頭であったか――」

「他の残りの方々は同族らしうございます。長家、横山家、前田対島守家、奥村河内守家、村井家……」

「もう、よいよい、玄蔵」

「へい。いずれも藩主前田吉徳様も手を焼く頑固者らでございまして、ああ言えば、こう言う、それぞれに己の意見を主張し、まあ、とりとめもございません」

「その話、本多殿から聞いた。藩主前田吉徳殿も、それは大変だな」

「前田利家の血を継ぐ縁籍の者だけに、我が籍の意識が強いのでござりましょう」

「なるほど、どの藩にでもおる困った輩《やから》だ」

「それゆえ、最後にはいつも本多家が痺れを切らし、藩主と協議のうえで、大きな妥協をし藩論をまとめておったそうにございます」

「本多家は筆頭家老としてそれだけの者らを率いていたのだ。さぞや苦労も多かったことであろう」

「前田家のこの八家、諸藩にも聞こえるほど横暴だそうで、それだけに藩論はまとまらず、それが不思議に幕府には好評で、前田家は結果的に大人《おとな》しい藩とみなされてきた経緯がございます」

「不思議なものよの。それで、加賀藩はやってこられたのだ。いや、待て、前田家が幕府の裏をかく高等戦術かもしれぬぞ。あの藩は、それなりにこれまでしたたかに存続してきたのだ。それくらいの知恵は持っていよう」

俊平が言えば、玄蔵はなるほどとにやり笑って、

「さすがに御前でございます。それは面白いお考えと存じまする。たしかに、同じ外様大藩の島津《しまづ》家などは、ずいぶんとその動きが警戒されておりますが、前田家などそうでもなく、なるほど、それは前田家の生き抜く知恵かもしれませぬ」

玄蔵は得心したようにうなずいて、慎吾の淹《い》れた茶をうまそうにすすった。

「だが、その方針が、先代前田綱紀殿あたりから、変わってきたそうだ」

「へい。当代藩主吉徳殿は、強固な藩主独裁を目指し、足軽の三男で御居間坊主にすぎぬ大槻伝蔵なる者を側近として起用し、藩主独裁を始めました」

玄蔵は、書き状を丁寧に調べながら言った。そう断言できるほどの詳細な資料を持っているようである。

「私もそれは聞いている。藩主が中心となれば、大槻殿もさぞや強気で事をすすめたところであろうが、守旧派の抵抗もさぞかし大変であろう。軋轢《あつれき》も、さぞやと思われる」

俊平も、両派の対立を想って顔をひきしめた。

「藩の財政悪化が止まったのを良しとして、藩主は大槻殿をさらに厚遇、反対に守旧派は旧《ふる》い身分制度のみをよりどころに、反対派をまとめて、吉徳殿の長男前田宗辰殿を立て、これを旗頭として大槻一派を非難しております」

話を聞けば、ますます気が重くなってくる。

「ここまでの対立は、滅多にあるものではございますまい。誰がどう収拾するのか、見当もつきかねます」

玄蔵も、匙を投げるように言った。

「このままでは、大きな御家騒動ともなろうと、本多殿も困っておられた。その大切な仲介者を、なんと短筒で狙うなどとは。守旧派も焼きがまわったの」

俊平も、絶句したまま玄蔵を見かえした。

「さようで」

「幕府は、まだ介入しそうもないか」

「あれほどの大藩の御家騒動でございます。下手《へた》に口を挟めば、ご老中も類焼をまぬがれぬとみておられるのか、見て見ぬふりをきめこんでおられます」

「そうか――」

俊平は唇を歪めて舌打ちしてから、

「私は、加賀八家の一人前田直躬殿の訴えを受け、こたびのこと上様にご相談し、大槻伝蔵の違法を追いはじめたが、調べてみれば、手旗信号などかわいいものよの。今や鳥を使って、米価を報せるなどということも始まっていると聞く。欲の皮のつっぱった世界では、途方もない手法が横行するものだ。一方的な話を真《ま》に受けておれば、八家の連中に、うまく利用されるところであった」

「私も、相場につきましては、まったく素人でございますが、幕府の米相場への対応は、いかにも遅きに失しているように思われます。そのことは当の幕府も気づいておるようで、上様にご相談申し上げますと、大槻を追及したところで、さしたる成果はあがるまいと仰せでございました。上様は、それなりによく見ておられます。それよりも――」

「ふむ?」

俊平は、前屈みに身を寄せてくる玄蔵の伏せがちな顔を、険《けわ》しい眼差しで見かえした。

「大槻伝蔵には、別に背後によからぬ者がついておるようにございます。これだけはなんとかしないと、厄介《やっかい》な問題になりそうにございます」

「よからぬ者だと？」

「はい。すべて大槻伝蔵が悪いわけではありませんが、その者らが伝蔵に上手《じょうず》に儲けさせ、上前《うわまえ》を撥《は》ねているとの噂がございます」

「そのようなこと、誰が申すのだ」

「あっしの仲間で、遠国御用を仰せつかっておるお庭番でございます」

「ふむ。してその者、伝蔵に悪知恵を付けさせているのはいったい誰だと申すのだ」

「いまだはっきりとわからぬらしうございますが、おそらく幕府の役人ではないかと」

「幕府の役人……？」

俊平はふと脳裏に、疑念をめぐらせると、

「覆面の武士にて、深川の船宿あたりで密会を重ねております」

玄蔵が、息を殺すようにして俊平を見つめて言った。

「幕府の役人といえば、さしずめ勘定奉行《かんじょうぶぎょう》か、勘定吟味役《ぎんみやく》というところであろうか」

「まあ、そのあたりでございましょう、あるいは、京、大坂の奉行所も一枚嚙んでいるやもしれませぬ」

玄蔵は、不敵な笑いを浮かべてうなずいた。

「さすがに、加賀藩ほどの大藩が米相場に手を出せば、大金が動く。勘定奉行はその上前を撥ねようという魂胆《こんたん》であろうが、まことに姑息な奴らよの」

「さようで」

玄蔵は、唇を歪めてもう一笑すると俊平は先まわりをして、

「勘定奉行と申さば、さしずめ神尾《かんお》あたりかと思うが」

ずばり名指しした。

「仰せのとおりかと」

「言うたな、玄蔵。それにしても、思いもよらぬ話となったものだ。で、大槻伝蔵はそれを承知のうえで、博打を打っているのであろうか」

「さあ、そこのところはまだ、はっきりいたしませんが、おそらくは、その魂胆までは気づいておらぬのではないかと。伝蔵は、改革に目がくらんでおり、旨い話を持ちかけられ、益が出ると知れば、積極的に食らいついております。連中は、加賀藩が買い上げて米の値動きが出たところを、提灯《ちょうちん》を付けて買い上げ、売り抜いておるのやもしれませぬ」

「大いに、ありうる話だ。勘定奉行の神尾が、京都東町奉行所によい報せを伝蔵から伝えさせ、同時に自らも買いつければ、まず失敗するおそれは少なかろう」

「どういたします、御前」

玄蔵が、険しい表情のまま俊平に顔を近づけ、指示を仰いだ。

「伝蔵がその者らと組んでおるのか、その役人どもに踊らされているだけなのかで、伝蔵の悪さの程度が知れよう。いま少し、調べてみる必要があるの。あ、それと、伝蔵の手で動くやつらの動きもつぶさにな」

「かしこまってございます」

玄蔵はうなずいて、にこりと笑い、ひと仕事を終えて冷めた茶碗に手をのばした。

「茶が冷めたな」

俊平は慎吾を呼び、

「玄蔵、ちと一杯飲んでいけ。外は寒い」

と言った。

「いいんですかい」

玄蔵が遠慮がちに問いかえしたが、俊平は当然のごとく応じて、返答もない。

やがて運ばれてきた酒器の酒を、玄蔵の盃に注いだ。

「大槻伝蔵については、直々《じきじき》に私が会って話してみねばわからぬかもの」

「たしかに、そのほうがよろしいかと存じます。あの男、なかなかの切れ者ゆえ、会って話してみねば、ようわからぬかも」

「ふむ」

俊平も、酒で咽《のど》をうるおせば得心できる。

「本郷《ほんごう》の加賀藩上屋敷におる模様でございます」

「うむ、されば、なにか接触する手立てはないものか」

「はて――」

玄蔵もしばし考え込んで、

「大槻も、ひところより人が変わって、ずいぶんと大物になったようすにて」

「そうであろう」

俊平が、苦笑いして玄蔵を見かえした。

「節約、節約とばかりも言っておられぬのでございましょう。今は時に豪遊もしております。しばしば深川辺りに出没しているようで」

「ほう、やはり深川か」

俊平は話を聞いてにたりとした。

俊平も好むところである。伝蔵は遊びも心得ているらしい。

それならそれで、話しやすい。

「加賀百万石の改革派だ。それくらいの勢いはあろうな。こちらも加賀者とつきあうのだ。気を太く持たねばの」

「いま少々お時間をいただければ、どこで飲んでおるか遊び先をしっかり突きとめてご報告いたします」

玄蔵が、含み笑って俊平を見た。伝蔵の周辺を調べ上げるのを、愉しみにしている節《ふし》もある。

「だが、おぬしに、そこまで頼んでよいのか」

「なんの、御前のためなら、たとえ火のなか水のなか、と申しますか、深川は愉しそうなところでございます」

玄蔵が、にやにやしながら言った。なにか、役得《やくとく》を狙っているらしい。

「されば、頼んだぞ玄蔵、いざ深川だ」

「お任せくだせえ」

「それはそうと……」

俊平は、ふと思い出したように玄蔵を振りかえった。空腹になっている。

「玄蔵。おぬし、酒もよいが、昼餉《ひるげ》はすんだのか」

「へい。蕎麦がきをかき込んでまいりました」

「よいな」

なにか食うていけと言わんとしたが、玄蔵は勢いがついている。このままあれこれ探らせたい、と俊平は誘いの言葉を押し留めた。

それから数日、だが玄蔵からの返事は来なかった。

（玄蔵め、けっこう手こずっておるようだ、深川を遊び半分に、ふらつき回っているわけでもあるまいが……）

そう思って、苦笑いしながら待っていると、玄蔵からではなく、思いがけないところから大槻伝蔵との接触の機会がもたらされた。

## 二

中村座の市川団十郎一座に、ふらりと五日ぶりに、足を向けた俊平は、二階向こう正面の貴賓席《きひんせき》に加賀藩重役が観劇に来ていると、団十郎の付き人の達吉に教えられた。

（はて、どちらの派の者らであろう……）

と疑念に思い、達吉に訊ねてみると、来ているのは藩主の側近の重臣ばかりという。

さてはと、重臣の名を訊ねてみれば、たしかに大槻伝蔵の名がそのなかにある。

「幕の閉じた後、宴席はあるであろうかの」

達吉に、さらに問いただせば、

「まだはっきりとは申せませんが、お客様は加賀百万石のご重臣、しかも歌舞伎好き。それに奥向きのご側室さまもご一緒とのことでございますから、おそらく」

と慎重な口ぶりで達吉が言う。

「はて、藩主の側室がなぜに……」

「そちらは、お貞《さだ》さまと申されまして、ご藩主様がそれは大切になさっておられるお方だそうで」

達吉は、それ以上はわからないらしく、首をかしげた。

大槻伝蔵が藩主の側室とそれだけ親しいのであれば、なるほど伝蔵と藩主との関係は極めて密接なのであろう。今や、藩主の側近中の側近、遠慮のない関係を築いているにちがいなかった。

「されば、大御所もきっとご挨拶にうかがうであろうな」

俊平はあらためて念を押した。

「おそらく。前田家の重鎮をお迎えしておりますからには、無視を決め込むわけにもまいりますまい」

達吉は、最後にはかなり自信をもってそう言った。

「ならば、私も顔を出してよいかの」

俊平が調子に乗って、気楽な口ぶりで訊ねた。

「はっ？　俊平様がでございますか」

「なに、私も茶花鼓《ちゃかぽん》で一座にかかわっておる」

俊平が、笑いながら言う。

「まあ、それは、かまいませんが……、お立場はおよろしいのでございまするか」

加賀藩の重臣に対して、俊平がまさか座員のようにふるまうわけにもいくまい、と達吉は考えたらしい。

「私は、大名として出るつもりだ」

「はあ、それならよろしうございましょう。あちらは幕府陪臣。柳生様は、たとえ一万石とはいえ、徳川様のご直臣でございますから」

達吉は、わかったような口ぶりで言う。

「百万石と一万石の差はちと辛いが、たしかに私は大名だ。それにしても達吉、おぬし大御所の付き人にしては、侍世界のこともなかなか心得ておるの」

苦笑いして達吉の胸を突くと、

「へへ、そういうわけでもございませんが……」

達吉は、鬢《びん》を撫でて相好を崩した。

「なに、私は座員だってかまわんよ。なんなら、私も一座の立ち回りを見ている者かなにかと紹介してもらうかい」

「そりゃ、柳生様に立ち回り指南になっていただけるならば、団十郎一座もこれにすぐる喜びはございませんが……」

ちょっと驚いてから、うかがうように達吉が俊平を見た。瓢簞《ひょうたん》から駒《こま》、俊平に立ち回りをつけてもらいたいと達吉はふと考えたらしい。

「はは、それは冗談だよ。ならば、大御所が芝居茶屋に出かける段になったら、私にも声をかけてくれぬか」

「ようがす」

達吉が、そう言ってポンと胸をたたいて請け合ってくれたので、俊平は若い座員のつどう二階に移り、生け花の稽古を始めることにした。

今日は、女形の若手がずらり集まってくる。

その一人一人に丁寧《ていねい》に花の生け方を教えてやると、みな器用に俊平を真似て生け花が上手《うま》くなる。器用な連中である。

半刻（一時間）ほど稽古を見てやると、俊平は宴の開かれる〈泉屋〉に向かった。

団十郎一行は、すでに加賀藩の座敷に上がっているようであった。

これまで大御所市川団十郎は、芝居が幕を閉じた後、茶屋の宴席に顔を出すのは、大名家藩主が列席している場合にかぎっていた。

だが、加賀百万石ともなれば、幕府の目付役筆頭家老の本多家でも五万石、俊平の禄高の五倍である。重臣も大名並に遇さねばならなかった。

藩政改革で今をときめく大槻伝蔵も、藩の年寄、家老並の待遇である。

それに藩主の側室も列席するとなれば、挨拶もせずに済ませるわけにもいかないという。

ずらり居並ぶ加賀藩主流派の面々の顔ぶれは豪華という。

団十郎は手土産《てみやげ》の三桝紋《みますもん》入りの袱紗《ふくさ》を持ち、やや気重に宴席に顔を出してみると大槻伝蔵に型どおりの口上を述べた。

かわるがわるに一座の看板役者が上座の一行に頭を下げる。

宴席がいちだんと盛況になり、それぞれが贔屓《ひいき》の役者を呼び寄せ、懇談《こんだん》を始めた。

伝蔵という男、接してみればなかなか話し上手で気さくな人柄、大藩の重臣らしく飾るわけでもなく、数人の若い取り巻きを並べて、気持ちよさそうに盃を傾けている。

側室のお貞の方は、江戸は芝神明宮《しばしんめいぐう》の神職の娘とかで、これも接すればきわめて庶民的な女であった。

　このところ屋敷に引き籠もりがちなので、伝蔵は藩主吉徳から芝居にお貞の方を連れていってくれと頼まれ、連れ出したという。

　大御所も、そんな気さくな雰囲気を察して、微笑みながら対応を始めると、伝蔵はなるほど頭が切れる男らしく、芝居にも相当に詳しく、つぎつぎに面白い話題を持ちかけてくる。

　団十郎も、そんな伝蔵の積極さや屈託のなさに、気性も合ったか、寛《くつろ》いだ表情で話をつづけていると、猫が一匹座敷にズルズルと紛れ込んでくる。

　白黒ぶちの子猫であった。

　中村座の座員がみなで飼い、かわいがっていたたまという名の猫で、座員の誰かがこの芝居茶屋まで連れてきてしまったらしい。

　猫は大御所団十郎を見つけ、急ぎ駆け寄って来て、その膝にひょいと飛び乗り、機嫌よく目を閉じて、眠りはじめた。

　もともと、ひどく眠かったのかもしれない。

「おおい、たまッ」

遠くで男の声があった。
「どこに行ったのだ」
声の主は柳生俊平である。
だいぶ、酔っているようであった。千鳥足《ちどりあし》である。
俊平は、ふらふらと宴席に入ってくると、
「あっ、これは大御所――！」
と、声をあげた。
次に、大御所の膝の上のたまを見つけ、
「なんだ、こんなところにおったか。探しておったぞ。どこに消えたかと思ってい
た」
よろよろとよろけて、団十郎のところまで歩いてくると、同席する大槻伝蔵に気づ
き、
「あっ、これは失礼いたした」
そう頭を掻いて、ついでに部屋をぐるりと見まわした。
同席の加賀藩士が、きょとんとした顔で俊平を見かえす。
戯作者《げさくしゃ》の宮崎翁《みやざきおう》が、たまを捕まえ、ひょいと俊平に手渡した。

それを受けとった俊平は、愛くるしいたまに頰ずりすると、

「して、こちらは、どちらの宴席でござったかな」

と、酔った勢いで伝蔵に訊ねた。

伝蔵は、さすがにいらっとした顔を見せたが、大御所が気をきかせ、

「こちらは、将軍家剣術指南役で、柳生藩主の柳生俊平様でございまする」

と、伝蔵に俊平を紹介した。

加賀百万石の重職とはいえ、むろん伝蔵は幕府の陪臣にすぎない。俊平が格上である。

「あ、これは柳生様でござりますか」

と、俊平を立てた。

「いやいや、ご無礼したのは当方でござった。どちらのお席か知らぬが、よろしければ、教えていただきたい」

大御所がすかさず伝蔵に代わって、

「加賀藩重臣、大槻伝蔵様でございます。こちらは、ご藩主吉徳様のご側室お貞の方さま。本日は、お忙しい御身ながら、寸暇《すんか》を惜しんで芝居見物。まことに、有り難く存じまする」

伝蔵を見かえし、微笑みながら言えば、

「おお、大槻伝蔵殿とは、そなたのことでござったか」

俊平が、大きな声をあげた。

まさか、自分の名を知っているとはと思って不思議がったのであろう。伝蔵は怪訝な顔で俊平を見かえし、

「柳生殿。ご貴殿のことはよく存じてござるが、それがしをご存じとは、ちと解せませぬな」

「なんの、藩政の大改革に打ち込んでおられるとか」

「それは、光栄至極にござる。よろしければ、ともにこちらの席で酒を酌《く》み交《か》わしませぬか」

にこにこと笑って、伝蔵は俊平に訊ねた。

「今宵は、飲む相手もなく、無聊《ぶりょう》をかこっておったところ。これはよい。加賀藩の大改革者大槻伝蔵殿にお招きいただけるなら、是非もないこと」

「ささ、これへ」

伝蔵は、芸子に用意させると、俊平に隣席を開けた。

すぐに華やいだ雰囲気の芸子が二人、俊平の両脇につく。

「ところで、柳生殿。ちとお訊ねしてよろしいか」

伝蔵は、いぶかしげに俊平の横顔をうかがった。

「おお、いかにも」

「ご貴殿は、なにゆえ、どこで、それがしの名をご存じか」

率直なたちらしく、伝蔵は疑問に思うところをそのまま口にした。

「はは、加賀の大槻伝蔵を知らぬ者は、江戸では潜《もぐ》りであろうよ。城中じゃよ。城中。屋台骨《やたいぼね》の傾いた加賀藩を懸命に立て直し、藩を改革中と大評判でござる。江戸者は、こぞって応援しておりまするぞ」

俊平は、声を高めて言った。

素直に笑みを浮かべた伝蔵であったが、ふと首を傾げて、

「柳生殿、それは、ちと大仰《おおぎよう》ではござるまいか。それがしが江戸でそれほどの評判を得ておるなど、ついぞ聞いたためしもない」

伝蔵は、もういちど怪訝そうな顔をすると、座からどっと笑いがこぼれた。

「あ、そう言えば、柳生殿は藩祖柳生宗矩殿に習い、上様より秘かに影目付を拝命されておられると聞いたが」

あらためて疑り深い眼で、伝蔵が俊平を見かえした。

「はは、妙な噂が立っており、当方、じつに迷惑をしておりまする。影目付など、とんでもない大役。柳生藩は一万石の小藩にて、細々と食うておるのがやっとのところ、藩士の数も少なく、密偵を揃える金もない。そのような大役を、引き受けられるわけがない」

「いや、いや」

伝蔵は、俊平の反応にかえって疑いを強め、

「そういえば、城内では柳生殿のことを茶坊主どもが噂しておったとも聞く」

伝蔵は、下座の藩士に目くばせすれば、藩士もそうだと大きくうなずいた。

俊平の横顔を見て、伝蔵は突然大口を開けてカラカラと笑いはじめた。

「はて、なにをお笑いか」

俊平が、とぼけた調子で伝蔵を見かえした。

「いやいや。私は、脇目もふらずに藩政改革に打ち込んでおったゆえ、去就《きょしゅう》が丸見えになっておったのかもしれませぬの。幕府のお触れに背《そむ》くこともあったやもしれぬ」

伝蔵はしみじみと回顧して、

「いや、いや。幕府に睨まれては怖い、怖い」

そう言って、伝蔵は薄笑いを浮かべ、また探るように俊平を見かえした。

「あ、いや。私を鬼のような男と見てはいただきたくない」

俊平は、影目付のことにはそれ以上触れず、

「大丈夫。大槻伝蔵殿のこと、それがしはもとより理解しておりまする」

伝蔵を見かえし、はっきりとそう言うと、その酔った顔をぐいと近づけた。

「私は、先日も貴藩の年寄本多政昌殿と飲んだ」

俊平は、ずけりと言った。

「本多殿と――？」

「貴藩の置かれた立場を、しっかり聞かせてもらった。それゆえ、ついでにそこもとの悪評も聞いたが、そなたが藩主吉徳殿と藩政改革に取り組んでいる姿、まことに見上げた心がけと思うに至った。そして酒席も盛り上がったぞ」

「して、悪評はなんと」

伝蔵が、思わず俊平に食い下がった。

「それは守旧派との対立を煽《あお》るだけだ。やめておこう」

「たしかに私は、命を捨ててこのたびの改革に取り組んでおる」

「そうじゃ、そうじゃ、それでじゅうぶん」

「ふむ。わかってくださり、まことにありがたい」

伝蔵は真顔になって俊平に語りかけた。これは話せる男、と見たらしい。

「加賀藩も、伸《の》るか反《そ》るか。そこもとていつも安全な采配《さいはい》ばかりは振るっておられまい。行き過ぎは、片目をつむるが、今後はお気をつけられよ」

俊平が、一瞬真顔になって言いおくと、また笑顔にもどって、盃を伝蔵に向けた。

「それは、なんともありがたきご忠告。むしろ影目付殿の口から、そのような甘いお言葉をいただくとは、予想だにせぬことでござった。して、それは上様のご意見でもございましょうか」

伝蔵が探るように俊平をうかがえば、同席する者たちも俊平の顔色をうかがい、わっと歓声があがる。

「まあ、そのようなところだ。藩士の方々はみな、お若いようだな。そのようなお仲間に囲まれては、そなたのやり方がいささか乱暴なところがあることも事実。まあ、以後慎重にな」

俊平は、もういちど念を押し、

「もう少し言えば、手旗による米価伝播《でんぱ》がいささか問題になっておることは、幕府も摑んでおる」

と言って伝蔵を見た。

「まことか」

「まことよ。しかし、それくらいのこと、堂島では当たり前のようになっておること
も幕府は承知しておる。米商人がさらに激しい競争をしているとも聞きおよんでいる。

まあ、幕府はすべてが後手後手ゆえ、今頃になってそのようなことを問題にする。だ
が、ここはしばらく、慎んでおられるが得策と存ずる」

「心得ました」

伝蔵は、赤面して頭を撫でると、また苦笑いを浮かべて俊平を見た。

「気をつけるべきは、守旧派であろう。先日、私が本多殿と飲んだ折、本多殿は何者
かに襲撃された。心得ておかれよ」

「なんと、襲撃されたと――？」

伝蔵の顔色が変わった。本多が襲われたことなど、予想もしなかったらしい。

「して、襲った相手は――！」

「雑踏のなか、しかも夜分だったゆえ、下手人についてはよう見えなかった。ただ、
いずこかの藩の紋服姿の侍を数人見かけた」

「されば、おそらくわが藩の者にちがいあるまい」

同席の者が、話を分け合い、あちこちで顔を見あわせて、身構える。

「それは、ありえような。加賀八家と言われる守旧派の抵抗は、きわめて頑迷」

俊平は断定したくなかったが、伝蔵の率直な口ぶりにつられて、ついそこまで言ってしまうと、

「まことでござる。あの連中は、まことに獅子身中《しししんちゅう》の虫《むし》。湯水のように金を遣い、改革を妨げておる。私の命は改革の後ならいつでもくれてやるが、今はだめだ」

伝蔵が、苦々しげに言って顎を撫でた。

「公平な立場で見ておられる本多殿さえ狙い撃つとは、もはや守旧派も焼きがまわったように思える」

俊平が、伝蔵を探るようにうかがえば伝蔵も深くうなずく。

「今のところは、ご藩主と我らお側衆の団結は固うござるが、守旧派の抵抗もすこぶる強うござる。正直改革は、まだまだすすんでおらぬ」

伝蔵は、悔しそうに膝をたたいた。

「それは残念。されば、くれぐれもご注意なされよ」

「ありがたきご忠告。肝に銘じまする」

伝蔵は、あらためて俊平に頭を下げると、

「それと、いまひとつ――」

俊平はあらためて伝蔵に向き直り、顔を近づけた。

「なんでござる」

「これは苦言ともなろうが、聞いて欲しい。大槻殿がおつきあいになっておられる者たちのことだが……」

「と、申されると」

「聞きおよぶに、幕府勘定奉行、神尾春央《はるひで》の他、勘定吟味役とも懇意だとか」

「それは、まあ」

伝蔵は困ったように顔を歪め、もごもごと口籠《くちご》もっていたが、

「よいのだ。そなたがどこの誰と親しくいたそうと、それはそなたの勝手。あの者らを利用して、益を出そうとしておられるのだろうが、あの者らはなかなかにしたたか。そなたに有利な報せを伝える一方で、その上をゆき、上前を撥ねるようなことも平気で企む」

「上前、でござるか……」

伝蔵は、一瞬俊平の言う言葉の意味がわからず考え込んだが、ややあってああと納得し、

「そのようなこと、あってはならぬ、と心得てはおりますが……」

狼狽《ろうばい》を、隠そうともせずに言った。

「やはり、お心当たりがあるようだ。できれば、おつきあいのほど、いま少し詳しくお話しいただけまいか」

「それは……」

伝蔵は、一瞬焦るようなそぶりで身を小さくしたが、俊平はその手を取って、

「そなたに、不利となるようにはいたさぬ。どうか、信じてほしい」

顔を近づけて言った。

「されば、すべてお話しいたす。助言をいただき、謝礼をお払いしております」

伝蔵は、思い切りよくきっぱりと言った。

「その助言とは――?」

「幕府の諸政策でございます」

「なるほどな。みなまで聞かずとも、あらましはわかった。できれば、その勘定奉行の名を確認しておきたい」

「されば……」

「伝蔵殿」

伝蔵は、しばらく考えあぐねていたが、意を決し、

「申されるとおり、勘定奉行は神尾春央殿、勘定吟味役大越《おおこし》祥右衛門《しょうえもん》殿でござる」

きっぱりと言い切った。

「幕府側の諸政策を発表し、米価の値動きが生じる前に、先まわりして買いつけ、売り抜けるわけですな」

「それはまあ——」

「よいのだ、そなたにまでは、罪が及ぶまい。相手も利を求めて動いておること、ただ、もうそのようなことは、以後断つがよろしいぞ」

「さようでござろうか。あ、いや、さようでござるな」

伝蔵は、未練がましく頰を歪めた。

二人のおかげで、よい思いをしたことは伝蔵も承知の上。だが、ほんとうによい思いをしたのは、勘定方の二人である。

「やはり、柳生殿には完敗でござるな」

伝蔵は、苦笑して頭を掻いた。

「なに、相場で勝つ方法などいくらでもあろうよ。もっと腕を磨くことではないか」

「さようでござるな」

伝蔵は、団十郎のほうをちらと見やり、うなずいた。

「ところで、大槻殿。米相場をこちらの大御所も始めるようでな」

俊平が、話を大御所団十郎に向けた。

団十郎は、にやにや笑っている。

「まことか」

伝蔵が、驚いて大御所を見かえした。

「よき競争相手となりまするな」

伝蔵が大きくうなずくと、

「なんの、なんの」

大御所が、手を振って謙遜するが、伝蔵は本気である。

「されば、負けられませぬぞ、団十郎殿ッ」

伝蔵も、意を決したように大御所を見かえし、こんどは声を強めて高笑いを始めた。

三

大槻伝蔵一行と別れ、芝居茶屋をぶらりと出た俊平は、ほろ酔い気分のまま、東に向かった。

大槻伝蔵の意外に明るい性格が伝播したか、気分も軽やかであった。

（あれだけの大藩を動かすのは、並大抵ではあるまい）

伝蔵の苦労を思えば、身もひきしまるが、伝蔵なら成し遂げるという期待も半ばある。

だが、俊平は影目付の立場にあるだけに、伝蔵にあまり情が移ってはまずい。

（今宵は、いま少し飲みたいの）

一人で飲むのも悪くはなかった。

今日は忍びの行動ゆえ、供の惣右衛門も連れていない。

大川の辺りをそぞろ歩いて足は深川に向かう。

向かう先は料理茶屋〈蓬萊屋〉である。

一万石同盟の一柳頼邦も、喜連川茂氏も来てはいまいが、梅次と差し向かいで飲むのもよいであろうと思った。

永代橋《えいたいばし》を渡って、馬場通り《ばばどお》をしばらく行くと、左手に交叉《こうさ》する道際に、賑やかな町の灯りが見える。仲町《なかちょう》の賑わいは、色街の賑わいで、酔客の表情もどこか艶《つや》めいて見えた。

羽織芸者数人と擦れちがったところで、俊平はふといやな気配を感じた。

それは、このところたびたび感じられるものであった。

敵意をはらんだ男たちの気配である。

しばらく前からひたひたとへばりつくように俊平にまとわりついてくる者があった。

それも二人、三人ではない。

かなり大勢の侍が、わずかに見え隠れするほどに距離を置き、姿を隠して、俊平の後を追ってくる。

といって、それ以上に接触してくる気配はない。ようすをうかがっているだけなのである。

（あの者ら、私が大槻伝蔵と会ったことが気に食わぬのか……）

俊平は苦笑いして、歩度を速めた。

それに合わせ、追跡者も足を速める。

おそらくこの者らは、加賀藩守旧派の一団であろう。

（やむをえまい。この辺りで、ちと痛い目に遭わせてやるか）

どうせ、藩重臣の小倅《こせがれ》どもであろう。

大槻伝蔵が憎ければ、俊平も憎くて仕方がないのだろう。

表通りを逸れて、すばやく路地に入った。

暗い裏通りで、人の賑わいは途絶えているが、さすがに深川の気配は辺りに残っており、通りは表店の商店がポツポツと並んでいる。店先に白木の木材を立て掛けているのは材木店らしい。

その横に用水桶《ようすいおけ》。

俊平は大店脇に身を潜ませ、刀の鯉口《こいぐち》を切って追跡者を待った。

追ってきたところでふいに現れ峰打ちのひとつも食らわせてやるとするかと考えたのであった。

案のじょう、黒い影がざわざわと駆け寄ってくる。姿を見失ってしまったと狼狽しているようであった。

と、微かに煙硝《しょうえん》の臭気が鼻を突く。

次の瞬間、銃声が三つたてつづけに轟《とどろ》いて、俊平の脇の用水桶に短筒の弾がはじける音があった。

「迂闊《うかつ》であった……！」

俊平は、身を這わせるようにして用水桶から離れた。

また、駆ける。

暗い路地が視界を飛んでいく。

灯りの消えた家々が、暗い影絵のように後方に消えていく。

暗い杜《もり》の向こうに、稲荷《いなり》が見えた。

赤い幟旗《のぼりばた》の向こうに、灯りがぼんやり点《とも》っている。

俊平は、ひとまずその社《やしろ》に飛び込んだ。

木像の白く塗られた狐像《きつねぞう》が、俊平を迎えた。

初冬の宵だが、ここだけはなぜか生暖かい。

狐の社に身を隠すと、遅れて提灯の灯りがいくつも近づいてくる。

提灯の背後の人影は、目を凝《こ》らしたがよくわからない。

「うぬらは、狐か」

俊平は、影に向かって戯《たわむ》れに問う。

「ちがうわ」

誰かが言った。

声はまだ若い。

もういちど、目を凝らして影をうかがえば、いずれも紋服に黒覆面を着けた男たちであった。やはり加賀藩の守旧派であろう。

「なにゆえに、私を追いまわすのだ」

もういちど俊平は影の一団に問いかけた。

「うぬは、影目付ながら伝蔵を捕縛《ほばく》せぬばかりか、芝居茶屋で交わっておったな。許せぬ」

男の一人が言った。

「なにをもって、伝蔵を捕縛せねばならないのだ」

「手旗という姑息な手段で、米価を吊り上げた」

「それは、もはや幕府もさして咎めておらぬ」

「先に、京都東町奉行所は手旗を用いた者らを罰した」

別の影が声を大きくして言った。

「時は、刻々と流れておる。それを罪としたのはもはやひと昔前のこと。堂島の取引所の屋根の上にも、手旗の信号を送る者がおるというではないか」

俊平は笑って言った。

「ええい、幕府は手緩《てぬる》い、いったい何をしておるのだ」

「堂島の相場が、速すぎるのかもしれぬの。幕府にはついていけぬ。それを幕府も認めている」

「情けない」

男の影が吐き捨てるように言った。

「情けないのは、おたがいさまだ。うぬらはどうした。藩をあげての財政改革に加わろうとせず、改革のじゃまばかりして、あまつさえ筆頭家老まで銃撃した」

「あの者は裏切り者だ。加賀藩をないがしろにし、ついには潰さんとする魂胆だ。幕府の手先だ」

「ひねくれ者めらが。うぬらが改革を怠《おこた》れば、加賀藩はもはや腐って朽《く》ち果てるぞ」

「黙れ。かたちばかりの柳生の剣よ」

前方、黒い大きな影が立ちはだかった。

影は大きい。かなりの、偉丈夫《いじょうふ》である。

槍《やり》を握っている。

「わしがこの槍にて、奴をひと刺しにしてくれる」

男は言うのであった。

りゅうと槍をしごき、男は穂先をぴたりと俊平につけた。

「短筒あり、槍あり、加賀はさすがになんでもありだな。それでは、藩の財政はもたぬぞ」

「ちょこざいな」

槍の穂先が、俊平の眼前にツッと延びた。

俊平はすばやく跳び退く。

それを追って、まっすぐの突きがまた俊平に迫った。

一颯《いっさつ》、二颯、俊平は鞠《まり》のように撥ねて後方に退く。

槍の切っ先が勢いづいてそれを追い、ついに俊平をはずれて隣家の塀に突き刺さった。

槍の名人も、さすがにこの夜の闇のなかで目標を見失ったらしい。

だが俊平は、その螻蛄首《けらくび》を自慢の一刀で綺麗に断ち切っていた。

「おっ」

槍名人が、血相を変えて刀を抜く。

「うぬら、どこまでも私を怒らせようというか」

俊平が、闇に向かって吠《ほ》えた。

これ以上、本気にさせるなというわけである。

相手の腕は、あらかた知った。

数は多いが、たかが知れている。さいわいこの闇夜である。夜陰に隠れて一人一人を倒していくことは、そう難しいことではない。

だが、そんな殺生をする気は俊平にはない。

「やめよう」

俊平は、もういちど言った。

「うぬらの腕で、私を倒すことは難しそうだ。だが私には、そなたらを倒すことはさほど難しくない」

「うぬ、小癪な」

群の一人が、悔しそうに言った。声が若い。

「私は、久松松平家《ひさまつまつだいらけ》から柳生家に養子入りした。たしかに生粋《きっすい》の柳生者ではない。だからどうせ大した腕ではないと見られているようだな」

俊平は、闇をぐるりと見まわした。

返事はない。

「そうかもしれぬ。大したことはないかもしれぬ。だが、痩せても枯れても、もう十年近く柳生道場主として、また将軍家剣術指南役を承《うけたまわ》り、上様に剣術をお教えしている。その私が、闇討ちに遭い、どこの誰とも知れぬうぬらに討たれて果てるのでは、不甲斐《ふがい》なさすぎよう。そう思わぬか」

闇の奥で、人が動く。

「私は、やられぬよ。それでもやりたいなら、本気になる。一人ひとりなぶり殺してやる」

「できるものなら、やってみろ」

　誰かが言った。

「ほんとうにいいんだな」

　言いながら、俊平は稲荷の背後に移っている。

　左手に飛び出せば、闇が深い。人気《ひとけ》はなかった。

「これじゃ、勝負にもならない。もう、やめようではないか」

　俊平が、なだめるような口調で言う。

　提灯が寄ってくる。

「怒りに任せて、私を討ったところで、憂《う》さ晴《ば》らし以外になんになる。大して得もないだろう。だが、私に斬られたら、ただの犬死だ」

「黙れ」

　男たちが、ようやく俊平を捜し当て、提灯がぐるりと取り囲んだ。

「鬱陶《うっとう》しい奴らだ」

　ぐるりと見まわせば、五人ほどの男が囲んでいる。

俊平は立ち上がり、刀をだらりと斜め下段に下げた。
受け身の剣で、斬る気はない。
だが、提灯を捨てて、つっと前の男が動く。
すっと前に出て、入れ替わるように、俊平は男の胴をたたいた。
むろん峰打ちである。
前方で男の体がぐらりと崩れた。
すかさず、左手から上段に撃ってくる。
これは少し達者で、剣先が鋭い。
だが俊平は、これを体をわずかにひねっただけでかわし、斜め前に出ていた。
体を入れかえ、男の肩にぴたりと峰を付ける。
「やめよと言うに、まだわからぬか」
男は、刃を肌に感じ、身動きもできない。
「加賀の武士は、これだけのものかね」
俊平が冷ややかに言った。
「見くびられたくなければ、手の内を明かす前に去ったほうがよいな」
言って、右手の動きを見守った。

勝負は見えていた。

さすがに加賀侍は踏み込んでこられない。

「もう、いいだろう。これ以上やっても無駄だ。もどったら、前田直躬殿に伝えてくれ。私はけっして一方的に大槻伝蔵の肩を持つわけではない。だが、大槻伝蔵の罪はさほど重くない。加賀という大藩の、幾百万の領民を追いつめているのは、あんたがた守旧派だよ。一緒に藩を改革するべきではないか。旧《ふる》いままの体制をひきずっていては、加賀藩はもはやそう長くはもつまい」

俊平が言えば、返す言葉もなく、みな黙っている。

あちこちで、怒りのやり場も無く、悔しそうに舌打ちする音が聞こえていた。

「去れッ！」

俊平が、けしかけるように強い口調で言った。

「去らねば、これより後は、賊《ぞく》として、一人一人を斬って捨てる」

「ちがう、我らは――」

「されば、加賀藩士と名乗るか。だが、名乗れば加賀藩と柳生藩の藩同志の争いとなろう。いきなり襲いかかった覆面武士の加賀藩が、まずは潰れよう。それでよいか」

返事はない。

「糞《くそ》ッ」

暗闇で、誰かが叫んだ。

結局、俊平を斬ったところでどうにもならないことは、男たちもわかっている。男たちはみな、やり場のない怒りだけを嚙みころしていた。

俊平は、剣をくるりとひと回転させて鞘《さや》に納めると、夜陰を睨み、ゆっくりと歩きだした。雲間から、隠れていた半月が、青白くまた顔を出している。

# 第四章　米価急上昇

## 一

芝居茶屋の立ち並ぶ堺町は大通りのはずれ、時折砂塵《さじん》のまきあがる一帯に建つ煮売り屋〈大見得《おおみえ》〉の軒先が、その日は妙にもの静かであった。

つい先日まで賑やかにふるまわれていた握り飯が、藍色《あいいろ》の布を敷きつめた平台から、すっかり姿を消したからであった。

米の値がじりじりと上がりはじめ、店の女将お浜も、

——とてもじゃないけど、そんな気前のいいこと、は、やっていられなくなったものらしい。

「ほんのひと月前の倍の値になっちまったんだよ。これじゃ、とてもね」

お浜はしきりに残念がるが、商売に徹してきただけに、あきらめるとなると早い。

「このところ、米の売り値は、誰も想像していないほど上がってしまった。幕府も、諸藩も、値が上がるのは大歓迎であろうが、庶民はこれではやっていけまい。なんとかせねばならぬな」

俊平も、眉をひそめて連れの惣右衛門にそう言いかけた。

といって、そのなんとかする方法が、容易に脳裏《のうり》に浮かぶものではない。

「それにしても、殿。なぜこれほど急激に米が値上がりしたのでございましょうな」

惣右衛門が、刀の下《さ》げ緒《お》を解き、俊平の前にどかりと座り込んだ。

あいかわらず、〈大見得〉は混んでいる。

「奥州《おうしゅう》の飢饉《ききん》が伝えられている。だが、それもあるが、米の不足が予想されると見て、米の仲買商人が、いっせいに買いに入ったことが大きかろう」

俊平が手を上げて、お浜に注文の合図をした。

「ならば、堂島の米商人が、こたびの値上がりの元凶《がんきょう》でございますな」

「たしかに奥州の地では、そうとうな飢饉の被害が出ているが、堂島の商人らが増長させたことのほうが大きかろう」

俊平は、重苦しい口調でそう言い、とりあえずちろりの酒と、味噌とごまの田楽を注文した。

「さすれば、さらに値上がりしましょうな」

惣右衛門は、吐息とともに言ったが、しばしそれ以上の言葉が出てこない。

「それは、大いにありうることだ」

俊平も、ふさぎ込んだ。

「ならば、うちも買いだめしておかなくちゃ」

注文を取りにきたお浜が、慌てたように言った。

店で使う米だから、単位は大きい。これは、経営上の大問題である。

「はは、こういうすばしこい人たちがいるから、米相場が激しく上昇するのだろうよ」

俊平は、お浜を見かえし苦笑いを浮かべた。

「とまれ私の藩は少しは負債が返済できそうだ。それは、まあよいのだが……」

俊平も喜んだり悲しんだり、複雑である。

「それにしても、庶民の暮らしは、ずっと辛いものになりまする」

惣右衛門も、あいかわらず今のところは盛況の〈大見得〉の店内を見まわした。

だが、民の動きは敏感である。客足が減るかもしれなかった。

「じゃあ、激しい打ち壊しだってありえますねえ」

お浜が、心配そうに俊平の顔をうかがった。

「ありうるな。こたびの飢饉は、どうも短期的なものではないらしい。奥州では、多数餓死者が出ているそうだ。これ以上米不足がつづけば、米の値はさらに値上がりしよう」

俊平が腕を組んであれこれこれからのことを考えはじめると、店の暖簾が二つに割れて、見慣れた男が顔を出した。商人姿にすっかり身を変えた幕府お庭番遠耳の玄蔵であった。

れっきとした幕府の御家人だが、歩き方まで、このところすっかり商人に成りきっている。

「おう、ここだ、玄蔵」

手招きして、呼び寄せれば、

「あ、御前、やっぱりこちらで」

玄蔵は、にやにやしながら俊平に近づいてきて、

「へ、へ、あっしの勘が、今日も冴《さ》えておりやした」

と妙な自慢をひとくさり、店の入り口でまたなにやらもじもじ体をくねらせている

さなえを呼び寄せた。

お庭番としては紅一点。きびきびしてよくはたらくさなえは、仕事がらあちこちに出入りしてはいるが、男客ばかりのこうした煮売り屋には、どうも足を踏み入れにくいらしい。

背を丸め、身を小さくして店をうかがっている。

なるほど、店を見まわせば賑やかな店といっても男客ばかりだ。

「あの、私もこちらの席についてよいのでしょうか」

近づいて来たさなえは、上目がちに俊平に訊ねた。

「気にいたすな。酒をたしなむことに、男と女の区別などあるものではない。酒を飲めば、女も気持ちよく酔う。それに、この店の料理はとびきり旨いぞ。食わぬのは損だ」

「まあ、お上手」

お浜が、ちょっと驚いて微笑むと、

「それじゃあ」

と、さなえは首をすくめて玄蔵と並んで俊平の手前に座り込んだ。

「じつは、今日さなえを引っぱってまいりましたのは、御前にお手柄をご報告させてやりたいと思いまして」

玄蔵が、隣のさなえに微笑みかけた。

「ほう、それは面白そうだな。ぜひ話を聞こう」

俊平は、まだ恥じらって小さくなっているさなえの顔を、のぞき込むようにして言った。

「じつは……」

玄蔵は、ひと呼吸おいてから、

「他ならねえ、勘定奉行神尾春央のことでございますよ」

「うむ」

俊平は真顔にもどってちらとさなえをうかがい見ると、玄蔵の差し出すちろりの酒を猪口で受けた。

「このところ、さなえは連日船宿の店先で見張っております」

「よくやっておるな、さなえ」

「あ、いいえ」

さなえは、ちょっと顔を紅らめてうなずいた。

「神尾め、深川の茶屋へ出かけることが、頻繁《ひんぱん》になったそうで」

「なにか、企んでおると見るわけだな」

「これはあっしの勘ですがね。神尾は近頃、吟味役の大越祥右衛門とちょくちょく会っておりやして」

「だが、よくそれだけの金がつづくものだな」

「役得がたっぷりなのでございましょうよ。その神尾の宴席に、昨夜はめずらしい男が顔を出したそうでございます」

「誰だ――」

「誰だと思いやす？　あ、これはあっしではなく、さなえに聞いていただきたいので」

　そう言って、玄蔵は隣のさなえを見かえした。

「誰が来ていたのだ、さなえ」

「はい、鴻池江戸店の主《あるじ》でございます。さらには、加賀八家の筆頭前田直躬までも」

「なに、前田直躬といえば、私に大槻伝蔵を取り締まれと、強く迫った加賀藩の重臣ではないか。だが加賀藩は、たしか加島屋と組んでおるようだが。その前田が、加賀藩が組む加島屋をさしおき、商売敵《がたき》の鴻池の江戸店と同席しているとは、ちと解せぬな」

「あるいは、あれほど伝蔵を非難しておきながら、前田直躬、幕府の動きを察知して、加賀藩が動く前に、鴻池から売り買いの指示を出しているのやもしれませぬな」

惣右衛門が、盃を片手に暗い表情で言った。

「なるほど、それはありうる。だが、江戸から遠く離れた大坂に、いったいどうやって売り買いの指示を出すのかがわからぬな」

俊平が猪口を置いたまま、首を傾げた。

「なに、それくらいのこと、簡単でございますよ」

惣右衛門がうなずいて言った。

「ああ、そうであった。米飛脚というものがあったな、江戸大坂の間を、わずか数日、幕府の動きを先まわりする」

「されば、じゅうぶんな日にちで到着します」

俊平が、猪口を片手に、唸るようにて惣右衛門を見かえした。

「そういう仕組みでございましょう」

さなえが身を乗り出してうなずいた。

「ちなみにその席には、鴻池と仲のよい直心影流荒又甚右衛門も、後から駆けつけておりました」

俊平は舌打ちして腕を組んだ。

「荒又道場は、近頃ずいぶんと派手に門弟を集めており、千名近い大所帯となっております」

惣右衛門が言う。

「直心影流荒又道場か、荒又殿は商売も上手《うま》い」

荒又道場は門弟を集めるため、鴻池からの金も役に立てているのであろう。

とはいえ、悪党どもの繫《つな》がり具合が見えてきたのは幸いである。

「なるほど、荒又甚右衛門め、金まわりのよさから考えて、鴻池や神尾春央周辺の警護を引き受ける代わりに、あるいは旨味のある投機の報せを分けてもらっているのかもしれぬな」

俊平がうなずきながら言った。

「たしかに神尾は、かつて殿に結城家《ゆうきけ》の財宝をめぐって厳しく当たられ、結城家を巡る抗争で身を退いたことがございましたが、懲《こ》りずに蠢《うごめ》いております」

惣右衛門が、以前の事件を思いかえして言った。

「あっしもこのところ、御前の指示を受けて神尾の動きを調べております」

玄蔵が、俊平をうかがって小声で言った。

「そうであったか。で、なにかわかったか」

俊平が、猪口を置いて玄蔵の顔をうかがった。

「じつは、江戸大坂を結ぶ繋ぎ飛脚の店〈近江屋《おうみや》〉で、神尾家をめぐって番頭からなにか注文があったかどうか、確かめたのでございます」

「ほう、やったな、玄蔵」

「いえ、それがどう奴らの悪事と結びつくかは確証が持てねえんですが」

「なに、それは大した話だ」

「そうしたところ、たしかに神尾家の役宅に、堂島から何本もの報せが届いているとのことでございます」

「例の飛脚便か、それはたしかなのだな」

「飛脚と申しましても、これは一人の飛脚が江戸と大坂を走りきるわけではなく、宿に待機する足のいい奴らが引き継いでいくんですがね」

「もう少し詳しく話してくれ」

「なんでも、飛脚がつぎつぎに交代し、大坂の堂島から江戸まで、三、四日あれば運んでいくんだそうで。それは料金も目の飛び出るほどだそうですが、大金を動かす連中には痛くもないのでございましょう」

「大金とは、どれほどのものだ」

「数百両を、下らないそうで」

「ふうむ。そうして江戸と大坂を繋いで、儲け話を報せあっているのだな。小癪な奴らだ。だが、これでなにやら全貌《ぜんぼう》が見えてきたようだな」

俊平は、惣右衛門と顔を見あわせ苦笑いした。

と、店のなかを、ふらふらしながら芥子色《からしいろ》の縦縞の単衣《ひとえ》の男が、こちらに歩み寄ってくる。柳の枝のような細いからだを泳がせるようにしてやってくるその男は、誰あろう中村座の女形玉十郎《たまじゅうろう》であった。役者修行に精を出しつつ、戯作者の道も模索《もさく》しているという。

「おい、どうした。玉十郎、ふらふらしたその足どりは」

俊平が、笑って声をかければ、

「あ、柳生様。こちらに」

背を丸くして、そう応じた玉十郎は、どこかびくびく怯《おび》えているような素振りである。

「いつもの調子で飲んでいるよ。それよりその方、なにやらおどおどしておるようだな」

真顔になって玉十郎の表情をうかがった。

「いえね、大御所のご機嫌が悪くて、怒鳴りつけられてばかりなんで、もう気分がすっかり滅入《めい》っちまっております」

泣きべそをかくように、玉十郎が言う。

「あれだけの大人物だ。大御所の感情の起伏はすこぶる大きい。お前に当たり散らす気持ちもわからなくもない。が、受け止めてやるのも、おまえたちの仕事ではないのか。よろしく頼むよ」

俊平が笑ってそう言えば、

「そんな……」

玉十郎は俊平を見かえし、またべそをかいた。

「いや、これは冗談だ。だが、どうして大御所は、それほど不機嫌なのだね」

「なんでも、大坂から書状が届いてから、不機嫌が一気に爆発したそうなんで」

玉十郎は、さなえの隣にぺたりと座り込んで言った。

「書状か。いったい、誰からのものだ」

「それが、あちらの千両役者芳澤あやめさんからのものだそうで、どうも米相場のようすがあまりかんばしくないとのことで」

「ほう、負けがこんできたというか。それは困ったな」

俊平は、ちょっと間を置き、腕を組んで考え込んだ。

「たしか、元手が何倍にも増えたようなことを言っていたと思っていたが……」

惣右衛門が、そんなことだろうと苦笑いを浮かべた。

「それが、どうもこのところ、裏目、裏目に出るそうで。思ったように相場が動いてくれねえようで」

「相場は、相場に聞け、という。それほど上下動は激しいものだ。とにかく負けがこみだすと、早いからな」

俊平も渋い顔をつくらざるをえない。

「まったく、お寒い話となりましたようで」

玉十郎が、俊平につられて首をすくめた。

「とにかく、芳澤さん、すっかりツキが落ちたようでして、売れば上がり、買えば下がっていくの連続で、もう、元金が半分まで減ってしまったそうです」

玉十郎がそう言って眉をひそめた。

「それは、散々なことだな。大御所もそれを聞いたら、儲ける気を無くしてしまったというわけか」

「いいえ。それでもおれはちがうぞ。と威勢のいいことを言っていらっしゃいますが、やっぱり、お顔を見るとねえ」

「それはそうだろう。仲間の千両役者からそれだけ聞かされれば、気分も滅入ろうというものだ」

俊平は、惣右衛門と顔を見合わせ苦笑いした。

「さっき鶴次郎さんに会ったら、鴻池の番頭が間に立って、芳澤あやめになにか仕掛けをしているんじゃないかと疑っておりました」

玉十郎が思い出したようにボソリと言った。

「ほう、鶴次郎がそんなことを言っていたか──」

俊平は、眉を曇らせ惣右衛門を見かえした。

惣右衛門が黙ってうなずいた。

「だが、どうするというのだ」

俊平が玉十郎に訊いた。

「芳澤さんに売りを勧めておいて、自分は安値で買っているなんてこともありえまさあ」

玉十郎が、わかったような口調で言った。俊平が小首を傾げた。

「つまり、鴻池の番頭に売り抜けのカモにされているというわけだな」

「へい」

「ならば、大御所も、同じ目に遭うことになるかもしれぬぞ」

「そうなりますよね。それを予感して、ぴりぴりとしているのかと。あのお方は妙に勘のいいお方ですから」

「御前、鴻池には、いつものように悪い噂が立っております」

伝蔵が、嚙み殺したような低い声で三人の話に割って入ってきた。

「ふむ、どういう噂だ」

「嘘か真《まこと》かは知りませんが、かなり汚い手段も平気で使うそうで。幕府の勘定方との密約ぶりも、そうとうなものと申す者もおりやす」

玄蔵が、苦い表情で言う。

「大御所は、もう相場をやめたほうがよいかもしれぬな」

俊平が、惣右衛門と顔を見合わせて言った。

「とまれ大御所は、鶴次郎さんと相談してみると言っておられました」

玉十郎が、うなずいて言った。

「そうか。くれぐれも慎重にと、大御所に伝えておいてくれ」

そう玉十郎に言い含めると、俊平はあらためて意を決し、

「玄蔵」

額を寄せて、言いかけた。

「勘定奉行の神尾めは、いったいどこで飲んでおるというたかの」

「へい、やっぱり深川の料理茶屋〈滝ノ井《たきのい》〉で」

「よし、私も仲町まで出かけてみよう。明日あたり、どうであろうな」

「さあ、確証はございませんが、たぶん」

「よし。それはそうと」

俊平は、ちろりを取ってさなえを振りかえった。

「せっかく、こうした場所に来たのだから、今日は酒の味を覚えて帰るがよいぞ」

そう言って、俊平は猪口にちろりの酒をなみなみと注いでやった。

〈滝ノ井〉は深川でもいちばんの料理茶屋。面白いことになると、俊平は思うのであった。

二

俊平が深川の料理茶屋〈滝ノ井〉を訪れたのはその翌日のことで、玄蔵が藩邸を訪れ、

「神尾の動きがありました。駕籠は深川の〈滝ノ井〉に向かっております」

と、いち早く報せてきたからであった。俊平は、やおら大小をひっつかみ、

「あ奴の顔を拝むのも、久しぶりだな」

と、黒羽二重《くろはぶたえ》にその二刀をたばさんで、玄蔵とともに屋敷を後にした。

店は、深川仲町の賑やかな通りに面した大店で、格子戸の間口は二間ほど、なかなか風格あるたたずまいである。

その瀟洒《しょうしゃ》な門構えをくぐり、石畳を踏みしめてなかにすすめば、奥からかすかに店の女たちの声も聞こえてくる。

「これは、さすがに立派な店でございますな」

玄蔵も店の入り口にたたずみ、小声で俊平に耳打ちした。

表に立ったのは玄蔵も初めてらしい。だいぶ、固くなっている。

「これは、たしかに敷居が高いが、そうかしこまることもあるまい」

「ご冗談でございましょう。御前などは……」

「いやいや、一万石どりの大名でも、いささか力不足だ」

俊平は苦笑いして玄蔵を見かえした。

たしかに、いつも一万石同盟の諸大名と訪ねる〈蓬萊屋〉よりは、こちらはだいぶ格上である。

格子戸をからりと開けると、奥から女中が出て来て、愛想のよい笑みを浮かべた。

「こちらに、勘定奉行の神尾殿がまいられておろう」

「はい、お二階にいらっしゃいますが」

力不足という俊平とはいえ、身なりもよく、腰間《ようかん》の大小も立派なこしらえで、供の者を連れていれば、大身の武士がふらり町に出て来たようである。

女中がすばやく俊平の身元を確認し、納得してうなずいた。

「ならば、その隣の部屋は空いておるか」

「はい、たしか空いていたように思いますが……」

女中は、ふたたび怪訝そうに俊平を見かえした。妙な注文を出す客である。

「でも、なにゆえ、そのお部屋を?」

「なに、あの者らとは親しい間柄でな。ほどよく酔うた頃に、ふらりと合流しようという趣向だ」

「まあ」

女中は、わかったようなわからない曖昧《あいまい》な顔で首をひねり、退きさがった。

しばらくして、二階最奥から一つ手前の部屋に通された俊平と玄蔵は、芸子をどういたしましょうかと問いかける女中に、

――また、後で呼ぶ。

と断って、部屋でひと息つけば、酒膳の支度がととのい、つぎつぎに料理が運ばれてくる。京焼の薄手の食器は、どれも店の格をあらわす品のよいもので、趣味のよさがうかがえる。

「ほう」

玄蔵が隣室に耳を傾け、にやりと笑った。

耳を澄ませば、隣から人の話し合う声が聞こえてくる。

とはいえ、なにやら男女入りみだれて雑談をしているのだろう、むろん話の内容まではわからない。

「まだ先方も着いたばかりのようで、そう大した話はしておりませんや」

そう言って襖越《ふすまご》しに耳を澄ませる玄蔵には、それでも話の内容までしっかり聞き取れているようであった。

「大所帯だの」

「へい。芸子だってはべっているわけで。ただまだあまり大事な話はしておりませんようで。女たちに聞かれてもいいような他愛ない話ばかりで」

「して、どんな連中が来ておるのだ」

「今日は、商人のほうが多そうでございます。幕府からの指示を授ける取引先の商人を連れてきているのでございましょう」

「どんな顔ぶれか、ちと見てみたいものだの」

俊平はわずかに襖を開けて向こう側のようすをうかがった。

紋付袴の男たちが三十畳ほどの大部屋にずらりと並んでいる。

「ほう、ずいぶんと集まっておるの」

「神尾はこのところ鴻池と接触を重ねております。鴻池が中心となりましょう」

玄蔵は、隣室との間を隔てる襖の割け目までぴたりと顔を寄せ、片膝を立てると、やおら聴き耳を立てた。

遠耳の玄蔵の異名をとるだけに、さすがに玄蔵の耳はよい。一丁先の話し声が聞こえるとの噂がまことしやかに立つほどであるが、それほどのことはあるまいと俊平は笑って見ている。

「なにを、語りあっておる」

俊平が玄蔵ににじり寄り、小声で訊ねた。

「へい。お待ちを」

玄蔵は、いくつもの話を選るように聞き分けてから、

「なんでも、こんどの仕事は大きいものになろうなどと。上座の神尾と鴻池の話でございます」

「大きな仕事か。はて、なにを企んでおるのかの」

「あ、それと、鴻池の江戸店の店主の他に、もっと風格のある大物が同席しているようすで、神尾はその男に気をつかっております」

「勘定奉行も気をつかうほどの男といえば、やはり大坂から鴻池の主が出て来ておるのか」

俊平の声が、緊張にわずかに強ばった。

「そうかもしれません」

「こうなれば、他にどのような者が同席しておるか、知りたい」

「へい。大勢の声がごったに聞こえておりますので」

玄蔵はまた厳しい表情で襖に耳を寄せ、

「聞き分けが難しうございますが」

と小さく唸って、

「今日は勘定方の役人も多く、例によって、荒又道場の荒又甚右衛門」

「ふむ」

「宴は賑やかにすすんでおります。家臣はみな上機嫌で」

「さっきまでの女の声が消えたような気がしたが」

「たしかに女の声がありません」

「ほう、いつの間に」

「どうやら、この辺りから聞かせたくない話を始めるのやもしれません」

玄蔵が、俊平を見かえし真顔で言った。

「面白そうだ」

「鴻池と勘定奉行神尾の話でございますが――」

「うむ」

「始まった。奥州諸藩の飢饉のようで」

玄蔵が俊平にまたふりかえった。

「その読みが、奴らの商売には大事なところのようだな」

「ほう、そうとう厳しい状況のようでございます。城中の老中会議でも深刻な対応が求められているそうにございます」

「それは、大変なことだ」

「それゆえ、幕府では……」

玄蔵は少々間を置いてから、

「豊作の予想される西国の諸藩に対して、米の拠出《きょしゅつ》を求めるよう申しわたし、さらに足りぬ場合には、買い上げても奥州に廻すよう命じるお触れを出すもようでございます」

と言った。

「さすれば、さらに米不足となり、米価はなお一層値上がりしような」

俊平は、話を聞いて大きくうなった。

江戸の庶民の暮らしはさらに大変なことになる。

「奥州では、飢え死にする者も続出しておるゆえ、これもいたしかたないことと」

玄蔵は、また襖にぴたりと身を寄せて言う。

「うむ。それはそうだが、いささか乱暴な話だな。江戸の民は、これ以上米価が跳ね上がっては、ろくに飯が食えぬようにもなりかねぬ」

俊平は、眉をひそめて玄蔵を見かえした。

「堂島の米相場は、米の取引の値段の上下を緩める役割がございますが、一方で商人が一斉に動けば米価が極端に動き、困る面もございます。まあ、これが、米商人の儲けどころかもしれませんが」

しばらく買いが続こう。米商人の利益は大きい。

「いやいや、これでは弊害《へいがい》のほうが大きい」

俊平も、腕を組んで考えた。

「こうした報せを利して、米商人を操る役人も役人でございます」

「こ奴らが、飢饉に対して幕府が遅ればせに手を打つところを予期して、その前に米を買い上げ儲けるわけだな」

「米商人は、しこたま儲けるという寸法で」

玄蔵は苦々しい口調で言った。

「それにしても、とんでもない奴らよな。この三千万の国の民の苦しみを向こうにまわし、己のみ私腹を肥やすとは。これは手旗信号で益を追求する小悪とは、わけがちがう」

「まことに」

玄蔵は、俊平が本気で怒りだしているその勢いに驚いて、あらためてその横顔をうかがった。

「今はもう、昔のようなのんびりした時代とはちがいます。勘定方の役人どもや鴻池など、ひとにぎりの米商人が相場を独占し、上様も口出しが難しくなっております。あ奴らこそ、万民の生活を左右する天下の大悪党と言っても過言ではありません」

「懲らしめようがないか。だが、その害の大きさから言えば、江戸市中を荒し回る大泥棒の比ではない。許すことはできぬぞ」

「そうでございますとも」

玄蔵がそう言って、憤怒《ふんぬ》の形相《ぎょうそう》をつくると、隣室で女の嬌声《きょうせい》が聞こえた。

ひとわたり男たちのこそこそ話が終わって、芸子らがふたたび呼ばれてどっと部屋に雪崩《なだれ》込んできたらしい。

「うるさい女どもだ。話がよく聞き取れませんや」

玄蔵が、舌打ちして苛々《いらいら》と頭を掻いた。

「だが、あらかた話はわかった。それにしても、女たちは、なにゆえあれほど華やいでおるのかの」

「お待ちくださせえ……。あっ、金を配っているようで」

玄蔵が、顔をこちらに向けてあきれたように言った。

「ほう、気前がよいの」

「あ、鴻池も配っております。十両、二十両と」

「みな一味同心か。このように、相場で儲けた金を廻しあっているのだな」

「もはや許せぬ。玄蔵も来い」

俊平はむっとして立ち上がり、座敷を隔てる襖をやおら大きく開いた。


部屋は、一瞬のうちに静まりかえった。

部屋の男たちの視線が、いっせいに俊平に注がれた。

いきなり現れた俊平の顔を知る者も多い。

「そなたは、柳生殿――！」

勘定奉行神尾春央が声をあげた。

とんでもない男が現れたと、声が上ずっている。

「いかにも、柳生俊平だ。神尾春央殿、そちはここでこちらの鴻池殿となにをしておったのだ」

神尾春央の隣に座す小太りの男を、ちらりと見て俊平は訊ねた。

鴻池らしいその男は、憎々しげに俊平を見据えている。鴻池は俊平のことを熟知しているのか、その視線はいかにも憎々しい。

「鴻池殿、お初にお目にかかる。そなたは、幕府役人と示し合わせ、前もって米価の高騰を膳立てして、先回りしておると見た。これは、もはや投機という言葉では言いあらわせぬ。取り決められた相場といっていい。上様はこれを知って、なんと申されるかの」

俊平は、上座の男たちをぐるりと見まわして言った。

女たちの視線も凍りついている。

「知りませぬ。取り決められた相場などと。我らは、なにひとつ語らい合って取引などしてはおりませぬ」

鴻池が全身を震わせるようにして野太い声を放った。

主をかばうようにして、番頭格の男たちがさっと脇を固める。

「そう申されるとは思っていたが、お手許の小判、それはいったいどのようにして儲けられた。そして、神尾殿になにゆえお配りなされるのか」

「はて、知りませぬな。これはある物を手に入れた際、手元不如意《てもとふによい》ゆえ、神尾殿に立て替えていただいた代金。それだけのことじゃ」

鴻池が、太々《ふてぶて》しい口ぶりで言った。

「鴻池殿ともあろうものが、手元不如意とは解せませぬな。その金は幕府の法令、禁令をこっそり教えてもらったお礼と思われるが。お仲のよいことよ。お互い、持ちつ持たれつ。だが、これでは公平な相場は立ちませぬな」

「妙なお疑い。柳生様といえど、聞き捨てなりませぬぞ」

神尾春央が、片膝を立てて食い下がった。

他の商人たちも目を剝いて俊平を睨みつける。

さらにその背後を、荒又道場の男たちが固めた。

「さよう。なにを証拠に、そのような根も葉もないことを申される。場合によっては大目付に申し立て、無礼の段、厳重に注意していただく」

「ならば、なにゆえ、幕府役人と米の仲買が、夜毎の宴会。また、女たちに小判を配る大盤《おおばん》振《ぶ》る舞《ま》いか。それをご説明いただきたい」

「それは、こちらの勝手であろう。剣術指南役のそこもとに、あれこれ言われる筋合いのことではない」

「よろしい。ならば、今宵のこと、こうこうと、こういうことがあったことのみ、上様にお伝えいたそう。ご判断は、上様がなされるまで」

「それは……！」

勘定奉行神尾春央が、鴻池と顔を見あわせ、にわかに激しく狼狽《ろうばい》した。

「わかり申した」

いきなり鴻池が、硬い表情のまま俊平に平伏した。

「柳生殿、たしかに幕府方と米商人が宴を開けば、妙な疑いを抱かれるのも無理からぬこと。迂闊であったと、陳謝いたしまする。それゆえ、今宵のこと、どうか上様に報告するのは控えてくだされ」

「鴻池殿、そうは申されても、上様へのご報告は私の義務。黙って見過ごすことはできませぬな」

「それゆえ、誤解を与えたことを、平《ひら》に謝っておる。その礼として、ごく些少だが——」

鴻池は、背後の江戸店主を振りかえり、目くばせを送った。

店主が、急ぎ懐中から袱紗を取り出し、それを俊平の前に置く。

小高い山のかたちから見て、小判の山のようである。

「ここに、二百両ほどござる。今はあいにくこれだけ。藩邸に残り八百両ほど届けさせまする。どうか今宵のこと、上様にはお伝えくださるな」

鴻池は、もういちど俊平を見かえし、あらためて息を呑み平伏した。

勘定奉行神尾春央や、部屋にひしめく役人も商人も、いっせいに俊平に向かって頭を下げた。

「よせ、よせよ。おれは、ただの上様の剣術指南役だ。仕事がら、上様に身近に接し、お話をする機会が多いだけのことだ。そのようなこと、聞く耳持たぬぞ」

「聞く耳持たぬ？」

神尾春央が、引きつった表情で俊平を見かえした。

「まあな。上様にご報告するせぬは、剣術指南役の気まぐれ、つまりは、私の機嫌しだいだ。金を積まれたからと言って、そのようなことは、約束できぬな」

「なんと、申される」

鴻池が険しい表情で俊平を見かえした。

「しかしながら、私の気まぐれで、今後、裏取引で相場の操作をせぬと約束するなら、まんざら約束せぬわけでもない」

「おお」

どよめきが会場に起こった。

安堵の表情で、顔を見合わせる役人もいる。

「つまり、私が気にしておるのは、江戸庶民の暮らしだよ。うぬら悪党どもの強欲のおかげで、百万の民が、飯さえ食えぬでは悲しすぎよう。されば上様にはしばらく申しあげるのを控え、その間にうぬらのようすを見ることとする。今は江戸大坂を継飛脚が十日足らずで往復する世だ。米の値動きを知れば、すぐにうぬらの動きはわかる。そなたらの介入を見届けるとしよう」

「それは、もっともなこと。我らは決して――」

やや置いて鴻池が言った。

「相場を、操作せぬと約束するか」

俊平が、念を押した。

「決して――」

鴻池が、左右に居並ぶ勘定方の役人を見かえし言った。

鴻池も、もはや俊平に口答えできなくなっている。今に見ておれ、と腹では思っていただろうが、そんなようすさえ面には出せない。

俊平は、笑って商人らを見かえした。

みな、頭を垂れうつむいて黙っている。

ここは、ひとまず俊平の勝利であった。だが、鴻池の後方で総髪に袖無し陣羽織のいかめしい顔の男が忌《い》ま忌《い》ましげに俊平を見つめていた。

荒又道場の主荒又甚右衛門である。

その荒又を見て、俊平はまた言った。

「されば、今宵はこれまでといたす。今宵を最後の宴として愉しむがいい。もし、米の値に妙な動きがあらば、私の口は抑えに抑えても上様の前では勝手にうぬらのことをしゃべりだそう」

「玄蔵、まいるぞ」

俊平はそう言って、ひらりと身を翻《ひるがえ》すと、居並ぶ男たちを一顧《いっこ》だにせず、部屋を後にした。

俊平が部屋の境でもういちど部屋を見まわすと、鴻池も神尾春央も、下を向き顔を真っ赤にして怒りを抑えているようであった。

「いい気味でさ」

玄蔵が襖をぴしゃりと締めると、隣室の男たちの悔しがる呻《うめ》き声がどっと立ち上がった。

三

「鶴次郎さんの女房のお峰さん、もの知りで、帳簿づけの名人とも聞きおよびました」

藩邸中奥の藩主執務室で、大和柳生からの書状に目を通していた俊平に、伊茶が小声で語りかけた。

お峰は請われるまま、大御所から一座の金勘定の相談を受けるようになり、女ながら〈泉屋〉辺りまで出没して、そこでみなの相談を受け、座の金の出し入れに知恵を貸すようになっているという。

伊茶はこのところお峰と仲がよくなったらしく、柳生藩の財政ばかりか産物〈公方《くぼう》菖蒲《しょうぶ》〉の売り方や販路についても、なにか助言を求めている。

〈公方菖蒲〉は、柳生藩のたったひとつの産物で、それを俊平がそう名づけた代物である。

「〈公方菖蒲〉の販売については、たしかにもっと工夫できるのではないかと思っておる」

俊平も同意の意を表した。

淀屋辰五郎から暖簾分けされた牧田仁右衛門の娘だけあって、たしかにその方面の知識はまことに豊富。才覚もあるようで、伊茶はすっかり魅了《みりょう》されてしまったようなのである。

「それはよいが、峰どのにあまり迷惑をかけぬようにな」

笑って伊茶に言い添えれば、

「いいえ、ご心配にはおよびませぬ。お峰さまには、私もびわ茶の淹《い》れ方や温熱の療法まで、いろいろご指導してさしあげております」

「はは、それはよい」

なるほど、二人は互いに生活の知恵を分け合っているらしい。

峰は商人の娘ではあるが、派手なところも、出すぎたところもなく、押しつけがましいところもさらさらないので、その控え目な姿勢が伊茶にも気さくさと安心感を与えているらしい。

「ならば、教えてもらうがよい。商売のことは、商人に訊ねるのがいちばんだ」

俊平も、物を売るなどということには、いつまで経ってもわからないところがある。

「それにしても、あの夫婦はよくやるものだね」

俊平も、感心して伊茶を見かえした。

「大御所も、すっかりお峰さんが気に入ってしまったそうで、一座のお金の出し入れについて、なんでも相談するそうですよ」

「それで、成果は上がっているのかね」

「余分な支出が一割近く省けるようになったと、大御所は大喜びだそうです。あ、そうそう」

伊茶は、俊平の脇にぴたりと寄り添い座り込んで、

「鶴次郎さんのことなんですが……」

「どうかしたのかい」

「座で、立ち廻りを見てもらうことはできないものかと相談を受けたそうです」

「その話なら聞いているよ」

俊平は苦笑した。立ち廻りと柳生新陰流はまったくちがうものである。

立ち廻りは派手に斬り結ぶが、あくまで見た目のもの。人を斬り倒す目的にはまるで添っていない。

それをよりによって、

「でも、武士がやればその大切な剣術が乱れてしまいましょうが、鶴次郎さんは武士

ではありません。剣術がただ強いだけです。期待されているのでしょう。だから、大御所も頼みやすかったのでは？」

「そうかもしれぬな。さすがに私には頼めぬであろうが……」

俊平も苦笑して考え込んでしまった。

「で、鶴次郎はもう始めるのか」

「初めは困っておりましたが、大御所の押しに負けて、受けてもよいかと思うようになったようです。ただ、俊平さまのお許しを得てからと」

（剣術とて、別段武士だけのものではなかろう。また、人を斬るだけの道具でもないのだ）

そう己に言い聞かせれば、べつに問題とすることではないとも思えるが、新陰流の型は折り込まぬように釘を刺しておかねばと思うのであった。

「そうか。ならば、柳生新陰流とは関係なく派手にやってくれ。私が目くじらを立てても仕方あるまい」

俊平はそう言って応じたものの、いささか複雑な心境であった。いずれ柳生新陰流も、かたちを変えて歌舞伎のなかに入っていくかもしれない。

と、ふと廊下に面した明かり障子に人影がある。

障子が開き、用人の梶本惣右衛門が姿を見せた。

「どうした、惣右衛門」

「只今《ただいま》、飛脚便が到着し、西国に発たれた大樫段兵衛殿の書状を届けてまいりましたのでお持ちしました」

「そうか。段兵衛の書状か」

しばし段兵衛のことを忘れていただけに、嬉しい。

「されば、早うみたい」

俊平は早々に惣右衛門を促し、部屋に入った。

一礼し、惣右衛門が手渡した書状は、七日前に段兵衛が大坂から出したもので、分厚い書状の封を開いてみれば、なかなかに達筆な文字で、多岐《たき》にわたる近況が綴《つづ》られていた。

「まあ、どんなことが書いてあるのでございましょう」

伊茶が、横から俊平の手元をのぞき込んだ。

伊茶は段兵衛と旅したことがある。

「段兵衛は思いのほか、柳生の里では歓迎されておるようじゃの」

俊平が、手紙を開けたまま、伊茶に微笑みかけた。

尾張藩《おわりはん》と幕府の対立が一時激化し、尾張柳生を修める者の多い国許の藩士らは、俊平の江戸の道場に対し含むところがあった。ぎくしゃくした関係はなかなかやまなかったが、江戸柳生を修める大樫段兵衛を、みなが歓迎しているというのであれば、だいぶ藩士の態度も変わってきているらしい。

「段兵衛さまは、思いの外、よい旅をつづけておられますようで」

伊茶が、手紙から顔を上げ、微笑んだ。

「あ奴め、あれで妙に強運でな。奴の向かうところ、大きな対立はしだいに収まっていくようだな。段兵衛によれば、意外なことに江戸柳生は見直されておるそうだ。無刀取りに見られる柔術を採り入れた剣技は尾張柳生にはないものゆえ、段兵衛にもぜひ教えてほしいと請われているという」

俊平は、思わず相好を崩して言った。

「まあ、思いもよりませぬことでございます。こうしたことで江戸と尾張の柳生流が交流することは、大いに喜ぶべきことと存じます」

伊茶が、屈託のない微笑を浮かべた。

「うむ。同じ柳生藩の禄《ろく》を食《は》む者同士。いがみ合うことはない。なになに、〈公方菖蒲〉についても言ってきておるな」

俊平が、書状を広げて先を読み進めば、

「はて、なんと申しておられます」

伊茶が目を輝かせて俊平の手元をのぞき込んだ。

「新たな販路が見つかったそうだ。畿内にはかなり出荷が見込めるという」

「それは、ようございました」

伊茶も藩の財政を気にしていただけに、屈託のない表情で喜んだ。

「これで、多少柳生藩の収支も改善されような」

「あのお方のお人柄でございましょう」

鷹揚で明るい段兵衛の性格は、やはり筑後三池藩主の弟だけのことはあって、生まれつき持ち合わせたものらしい。

「そうかもしれぬ」

俊平も、伊茶と顔を見合わせて微笑むと、小姓頭の慎吾が茶を淹れた盆を抱えて、部屋に入ってきた。

「殿、お休みくださりませ。茶と茶受けの菓子をもってまいりました」

にこやかな口ぶりで、慎吾が言った。

惣右衛門を交え、三人の機嫌の良さが移ってしまったらしい。

「ほう、茶受けはなんだ」

「いつも変わりませず。申し訳ございません。大和の郷の干し柿でございます」

「なんの不満があろうか。加賀百万石といえど、伸《の》るか反《そ》るかの大緊縮の只中《ただなか》だ。干し柿が食べられるだけでも、御《おん》の字と言わねばならぬ」

慎吾が膝元に置いた干し柿に、そう言って手を伸ばせば、素朴な香りとともに干し柿の柔らかさが手に伝わってくる。

一口頰ばれば、溶けるような味わいが口いっぱいに広がり、いつ食べても飽きぬものである。

「干し柿は、苦みや渋みも、干せばこのように取れ、しわしわとなる。食せば、血行がよくなり、胃腑《いふ》も丈夫となると聞く。体にとっても、まことによい食べもののようだな」

「はい、甘みが凝縮《ぎようしゆく》され、砂糖よりも甘くなります」

伊茶もうなずく。

「早めに皮を剝くことが、秘訣《ひけつ》でございますな」

惣右衛門も、得意気な口調で言葉を添えた。

この男の干し柿づくりは、名人級である。毎年役宅の軒下に吊るし、俊平におすそ分けする。

「おぬし、賑やかな桑名《くわな》の生まれであったが、干し柿にはまことに詳しいの」

「桑名の田舎《いなか》でございます」

惣右衛門は笑って応じた。

「さらに、桑名から、越後《えちご》へと転々といたしました。田舎者でござりますゆえ」

「ならば、私と同じだ」

俊平は、伊茶と顔を見合わせて高く笑った。

「さ、手紙のつづきを」

伊茶が、待ちきれず俊平を促した。

「おや、段兵衛め、私の頼みごとのために、すぐに西国には向かわず、しばらく畿内に留まっておると申しておるぞ」

「まことに、気のよいお方でございまする」

惣右衛門が、感心して段兵衛を褒めた。

「なに、堂島に行ったが、江戸にもあのようなところはないと申しておる」

「そうでございましょう。米の動き、金の動きは、やはり大坂でございます。この国の金の流れを裏から支えているのは、やはり大坂でございます」

惣右衛門が、干し柿を口に運びながら言った。

「惣右衛門の申すとおりだ。すべてが一瞬のうちに動くようだと段兵衛も申しておる。手旗信号についても、あれこれ書いておるぞ。はは、幕府は何も知らぬようだな」

俊平が面白おかしく言いはやせば、惣右衛門も慎吾も近づいてくる。

「今日《こんにち》手旗信号など当たり前で、鳥を使うというからな」

「鳥とは驚きました」

初めて聞く慎吾は驚きを隠さない。

「ほう、段兵衛め、加賀藩の動きも追っておるな。藩士が、しきりに堂島界隈を蠢き、加賀米の売りつけを行っておるそうだが、他に役人と交わる者も多くいると申しておる」

「それは、ちと怪しうございますな。役人とは、いったい何者でございましょう」

惣右衛門が、いぶかしげに眉を寄せた。

「おそらくは、京都東町奉行所の者らであろう。勘定奉行も、あそこまでは行かぬ。ただ、江戸暮らしの役人も混じっておるそうな。これは油断ができぬ」

「されば、加賀藩は京都東町奉行所の知恵を受けて売り買いし、上前《うわまえ》を撥ねられておるのやもしれませぬな」

「ありうることだ。我らが影目付として厳しく取り調べるべき相手は、大槻伝蔵ではなく、勘定奉行や京都東町奉行所でまちがいないな」

「なるほど」

惣右衛門は、得心して手を打った。

「されば段兵衛には、そのあたりをさらに詳しく調べてもらうとしよう」

「それが、よろしうございます」

伊茶もそう言ってから、

「さらに、面白いことが書いてありますような」

伊茶は、俊平と惣右衛門が話している間にも、書状の先に目を走らせていた。

「俊平さま、鴻池についても書いてございますよ」

「早く進みすぎるぞ、伊茶」

俊平が、やさしく注文をつけた。

道場で剣術の稽古にもどってからというもの、このところの伊茶は、じつに所作がきびきびと活発に動く。

「どれどれ、それでなんと申しておるのだ」

俊平は伊茶に促されて、また書状に目をもどした。

伊茶が、また俊平の手元をのぞき込んだ。

「うむ。堂島は、生き馬の目を抜くところで、段兵衛もいろいろ得体の知れぬ男たちと接触したらしい。これは私が第二便で知らせたことなのだが、鶴次郎が大御所のために紹介することになった鴻池の友人徳次郎、どうやら素性が怪しいと段兵衛は見ているようだ。はて、鶴次郎が、見抜けなかったのか。その男が、鴻池の飯を長らく食ううちに変わってしまったのかようわからぬが」

俊平が、伊茶をふりかえって言った。

「鶴次郎ほどの男が見抜けなかったの……やはり、その男が変わってしまったのではございませぬか」

「ひょっとすると、大御所の金は危ないかもしれぬぞ」

俊平がはたと手を打った。

「早く、大御所にお報せしたほうがよろしいのでは。金を送金してしまっては、手遅れになりかねません」

伊茶が、険しい表情になって言った。

「そうだな。明日にでも、中村座に行って話して来ねばなるまい」

俊平が、片膝を立てて言った。

伊茶も惣右衛門も真剣な表情になっている。

「とまれ、その京都の東町奉行と勘定奉行、勘定吟味役の一団もけしからぬ者のようでございます。殿、手加減せず鋭く追及なされませ」

惣右衛門が、憤然とした口調で言った。

「幕府方でつながっているのは勘定奉行の神尾春央であろう。さらにこれを吟味する役目である勘定吟味役までが一味同心《いちみどうしん》とはの。役職を利用して、私利私欲を満たすなど、断じて許すわけにはいかぬ」

「そのとおりでございます」

伊茶が、真顔になって俊平を見かえした。

「ただ、本多様の例もございます。殿、くれぐれもご用心なされませ」

「わかっておる。ここからがやや難しくなるのだが、これも私に与えられた使命だ。やり遂げるよりあるまい。人の欲が錯綜《さくそう》する、こうした世界というもの、まことに煩《わずら》わしいの」

俊平はうつむき、吐息をもらした。

だが、なんとしてもやり遂げねばならぬ。

俊平の好む世界ではないが、仕事は選んでおられない。俊平はそう己に言いきかせて、一人うなずくのであった。

四

木挽町《こびきちょう》の柳生藩上屋敷に、一通の招待状が舞い込んできたのは、それから五日ほど経ったある日のことであった。

遠耳の玄蔵によれば、勘定奉行神尾春央の役宅にしきりに出入りしていた大坂堂島からの米飛脚も、しばし姿を見せぬようになったという頃のことである。

「神尾め、たやすく観念したとも思えぬが、しばらくは神妙にしていような」

そう、安堵した矢先のことであっただけに、俊平もさすがに挑戦状にも似たその書状を手にした時は、どう判断していいか考えあぐねた。

書状は、直心影流道場の荒又甚右衛門からのものだった。

外神田旅籠町《そとかんだはたごちょう》の荒又道場にて、直心影流、一刀流中西派《いっとうりゅうなかにしは》、柳生新陰流の三者が一堂に介し、打ち合い試合を催《もよお》したいと思う。ひいては勝ち負けにこだわることなく、ぜひご参加願いたいという。

荒又甚右衛門の直心影流は防具を着けた立ち合い稽古中心の挑戦的な剣法で、型を重んじる柳生新陰流などのいささか旧い流派の剣法とはちがい、当今江戸で人気を得ている。

一刀流中西派も、小野派《おのは》一刀流を継いで、実力は侮《あなど》りがたく、人気が高い。

たしかに、泰平の時代の到来とともに、幕府は将軍家剣術指南役を柳生新陰流にしぼり、小野派一刀流を退けたが、一刀流はむしろ、実力は新陰流より上との評判も高く、江戸市中にその勢力を延ばしているのであった。

この三流派を集めて、稽古試合をしようという誘いは、それ自体さして奇異なものではない。

俊平は、ふとその誘いに心を動かされた。

「しかしながら、誘いかけてきたのは、あの甚右衛門でございますぞ。それに、我が柳生新陰流は御留流。たやすくそうした誘いに乗ってよいものではありませぬ」

用人梶本惣右衛門は、諌《いさ》めるように俊平に言い、憂い顔をつくった。

惣右衛門は俊平の幼い頃からの用人で、それだけに俊平が幾つになっても子供扱いすることがあり、俊平にはつらいところがあるが、この日も俊平なりの江戸剣術界への気遣いを退け、言うことは厳しい。

「まことに、さようでございます」

茶を淹れて部屋に入ってきた伊茶までが、同じことを言う。

伊茶は荒又甚右衛門の悪意を考えている。

「だが、柳生新陰流とて御前試合では、他流と勝負したことはあった」

俊平は惣右衛門に言いかえした。

「ですが、それは上様もお立ち会いのもとになされた御前試合」

惣右衛門は、俊平を見つめて言った。

「それに、かの御仁は鴻池の用心棒のようなことまでしておるそうな。ただで済むとも思えません」

「それは、そうだが……」

「惣右衛門どのの申されることは一理ありまする」

伊茶も言いつのった。

「直心影流などと、いかにも新陰流の支流のごとき流名を付け、さらに流派の歴史においては陰流の愛洲《あいす》移香斎《いこうさい》殿、新陰流の上泉 信綱《かみいずみのぶつな》殿を加えておるそうではありませぬか」

伊茶が膝をにじらせて言う。

「それは、まことか」

俊平は、驚いて伊茶を見かえした。

「ま、いずれの流派も、権威づけのために他流の力を借用するところはありましょう。そこは大目に見てもよいでありましょうが」

惣右衛門は、そこのところは甘い。

「そうは申されましても、直心影流の流祖は鹿島新当流《かしましんとうりゅう》杉本備前守《すぎもとびぜんのかみ》とも申します。なにやらわけがわかりませぬ」

「まあ、よいではないか、伊茶」

俊平は苦笑いして伊茶を抑えた。

「とにかく、ここはお出にならぬほうがよろしうございます」

伊茶が前屈みに俊平に近づいて、強く言った。

「だが、なぜそこまで強く言うのだ、伊茶」

「私もたしかに、その企《くわだ》て自体は面白い試みと思いまする。他流試合といえば、私も一刀流を学んだ後、柳生新陰流と立ち合い、負けを認めて、新陰流に鞍替《くらが》えいたしました。しかし、こたび荒又甚右衛門の背後には、鴻池がおるではありませぬか。ただの親睦の集《つど》いとはとても思えませぬ」

俊平は深川の宴席で、勘定奉行の神尾と酒を飲んでいた鴻池の下膨《しもぶく》れの赤黒い顔を思い出した。

「そうであったかの」

俊平は、曖昧に返事をして、またしばらく考えた。

たしかに、荒又甚右衛門の他流試合の動機には、なにか魂胆があるように思えなくもない。柳生新陰流の柳生俊平を打ち倒し、柳生の流名に恥をかかして米相場に口出しをさせぬようにする腹かもしれず、さらには合わせて、将軍家御家流を直心影流が倒したことで、大いに流名をあげようとしたいのかもしれない。

たとえ打ち合い稽古であろうと、勝ちは勝ち。それを金を遣《つか》って誇大に宣伝する腹積もりかもしれなかった。

「あいわかった。こたびは誘いに乗らぬことにいたそう」

俊平は伊茶と惣右衛門、それぞれに向き直り、そう誓った。

二人の口元に安堵の吐息が洩れたのは、言うまでもない。

それから数日して、こんどは一刀流中西派佐島兵次郎《さじまへいじろう》から別の招待状がとどいた。

内容はほぼ同じもので、打ち合い稽古を行いたいので、ぜひご参加いただけまいかとある。

また、曰《いわ》く、

——なごやかな立ち合い試合を予定しており、決して流儀の優劣を決めるものではない。さまざまな流儀のよきところを示し、それぞれの流派の成長に寄与したい。また、柳生新陰流は、荒又甚右衛門の直心影流とは流祖を同じくする同門。ともに腕を磨き合うよい機会となろう。

とある。

「ちなみに、一刀流中西派からは、やはり佐島兵次郎殿が来られるのだな」

俊平が招待状を手渡した慎吾に訊ねた。

「さようでございます」

書状を畳もうとしていた慎吾が、あらためて繰り、

「一刀流中西派佐島兵次郎様でございますな」

と告げた。

ただ、先の荒又甚右衛門からの招待状よりはずっとやわらかな文面で、筆運びも洗練されている。

伊茶は一刀流の佐島兵次郎の名を思い出したらしく、声をあげた。

「そのお方なら、江戸においては中西派一の腕と申せましょう」

一刀流は他に溝口派《みぞぐちは》一刀流、梶派《かじは》一刀流など支流が多く、いずれも日本各地に根を張り栄えている。

枝分かれした流派は、それぞれ独自の道を歩みはじめ、型もそれぞれ異なることとなるが、仲はよい。

伊茶は、小野派一刀流を修めていたが、中西派はいちばん本流の小野派に近いという。

「直心影流が、我が流派と同門とは片腹いたい」

惣右衛門が、文面の一部を抜き出して、腹を立てた。

「なんの、よいではないか。向こうは我が流派に親しみを憶えているというのであろう」

俊平が苦笑いすれば、伊茶もいさめるように俊平を見据えた。

「柳生新陰流は将軍家御家流、お立場を考えねばなりませぬ」

「だが、今や直心影流も一刀流中西派も、巨大な流派となっており、柳生新陰流は名のみ将軍家御家流で、勝っているか、力はわからぬな」

俊平が冗談のように言えば、惣右衛門も伊茶も黙り込む。

正面きって立ち合ったことがないのであるから、無理もなかった。

「しかし、そのようなことは、ござりますまい」

ややあって考えあぐねた末、惣右衛門が言った。

「なに、打ち合ってみればわかる」

俊平が、また冗談のように言えば、

「俊平さま――」

伊茶が、厳しい眼で俊平を見かえした。

「やはり、やめておけと申すか」

「はい」

「されば、ふたたび断るよりあるまい」

「無視なされませ」

惣右衛門が言った。

「先に丁寧に断り状をしたためております。それを、ふたたび招待してくるなど、失礼きわまりなきこと。そのような者には、無視をきめこむのがいちばんでございまする」

「そこまで申すな、惣右衛門。丁重な招待状だ。こたびも丁寧に断り状をしたためておこう。私が文面も考える」

俊平が笑って筆を執ろうとすると、慎吾が部屋に入ってくるなり妙なことを言った。

「門弟の一人が、巷《ちまた》で妙な噂を耳にしたと申しております」

「なんだ」

俊平が振りかえると、慎吾は怒りを溜め言葉を呑んでから、

「我が柳生新陰流のことでございます」

「む？」

俊平は、険しい表情で慎吾を見かえした。

「柳生新陰流は将軍家剣術指南役の剣法なれど、お飾りのような兵法にて、他流とは立ち合ったこともないなどと」

「誰が、そのように申しておるのだ」

「なにやら、浅草《あさくさ》辺りの煮売り屋での話ゆえ、門弟も他愛のないことと申しておりましたが、やはり……」

「我が流派は、幾度も他流と立ち合っておるのは、そなたも知っておろう。ただやみくもに争うことはせぬだけのこと。妙ないいがかりではないか」

惣右衛門が、憤然《ふんぜん》とした口ぶりで言った。

「これは、直心影流の道場主荒又甚右衛門が門弟を使って言いふらしているものと思

われます」

慎吾が怒りを抑えられなくなったか、声を荒らげて荒又甚右衛門の名を口にした。

「それは、いささか考えすぎではあるまいか。たまたま、このような時期にそのような話があっただけのこと」

「しかし、偶然とばかりも言っておられませぬ」

惣右衛門が、唇を歪めて言った。

「なぜじゃ」

「直心影流は大流派でございます。門弟は千人を越えましょう。その門弟どもが、各所で言いふらせば、そのような声は耳に入りやすくなります」

「とは申せ、いずれにせよ、ここで殿が出ていけば、相手の思うつぼ。決して争ってはなりませぬ」

惣右衛門が、片膝を立てて俊平を諫めた。

「争うつもりは、初めからないが」

「ならば、ここは無視でございます」

伊茶が、断固とした口調で言う。

「そういえば、ちと気になることが別にございます」

慎吾が、また思い出したように言った。

「なんだ、慎吾」

「はい。その、近頃、見物人が心なしか減っているように思われるのです」

「見物人だと？　道場の格子窓から立ち合い稽古を見物する町人衆のことか」

「はい。ひと頃は道場の窓辺は鈴なりで、後から来た者は、前の者の頭越しでよく見えぬとぼやく者もございましたが、このところ、見物人もまばらにて、外来の門弟もやや減っております」

「馬鹿な。我が柳生新陰流がにわかに人気がなくなってきたと言うか」

「いちがいにそうとも申せぬと思いますが、もしや」

「おぬしがそう思って見るからであろう。奴らの企みが、そのようなかたちですぐに出るはずもない」

「そうは思いまするが」

俊平は笑って打ち消したが、肩を落として、気弱にそのようなこともあるか、考えてしまった。

——されば、ご尊顔だけでも拝したい、ささやかな宴をもよおすのでぜひご参加願いたい。

といった趣旨《しゅし》の書状が、ふたたび俊平のもとに送られてきたのは、それから数日後のことであった。

稽古試合も断る、江戸の主要流派の二つが集まる会にもまったく顔を見せないのも、いささかこだわりすぎの感もある。招待を受けぬのは、かえって柳生新陰流の度量にかかわるといった意見も藩内から聞こえてきた。

たしかに直心影流荒又甚右衛門は、いささか過激で癖の強い男だが、一刀流中西派の佐島兵次郎は人物も温厚で俊平に遺恨《いこん》をもっているようすもない。

そう考えてみれば、親睦《しんぼく》を深めるだけというなら、顔を出しても問題はなかろうと思えるのであった。

荒又甚右衛門は俊平の固辞《こじ》を受け入れ、

「将軍家剣術指南役としてのお立場もござろうゆえ、ご列席いただければそれでけっこう。我らの太刀筋をご批評いただきたい。まずは、三者が集い、ささやかな宴をもよおしたい。お越しいただけまいか」

と文面にある。

「立ち合いはせずともよいと言う。ここまで譲歩したのだ。当方も拒んでばかりはおられまい」

俊平も、さすがに三度目の招待状に心動かされた。

「しかし、悪意に満ちた者ども、なにを企み待ち構えているかわかりませぬぞ」

惣右衛門は、あくまで俊平を引き留めにかかった。

「さようでございます。江戸じゅうに、柳生の悪口を触れまわるような連中でございます。なにを企んでいるか知れませせぬ」

伊茶は、執拗な荒又甚右衛門の招待に辟易《へきえき》したようすである。

「だが、宴席ならば、なにか起こることもあるまい。それに、我が門弟も外で嫌な思いもしたくなかろう。宴席のみの列席で円満に解決してはどうじゃ」

俊平にそこまで強く言われれば、惣右衛門も伊茶も黙らざるをえない。

結局、俊平の丁重な筆で、

――宴のみ加わらせていただく。

と、列席を告げる書状を送った。

その店は深川に数ある料理茶屋では中程度の店で、店先に植えた楓《かえで》の樹木が爽《さわ》やかである。

掘割を斜めに見下ろす眺望《ちょうぼう》がよく、山荘風の店の前に立つと、石畳に落ちた枯草がわびた風情である。

間口一間の格子戸を開ければ、

「柳生様でございますね」

店の女が、大仰《おおぎょう》なほどの笑みをつくって俊平を迎えた。

二人の道場主は、すでに二階で待っているという。

そう言えば、大勢の賑やかな笑い声が二階から聞こえてくるが、これは門弟らのものらしい。

手燭《てしょく》を持つ小女に案内されて二階にあがると、俊平の到来が告げられ、女中の案内で部屋に招かれた。笑い声が途絶え、静まり返った部屋を奥に進めば、

「おお、これは柳生殿か――」

荒又甚右衛門が、いかめしい大顔を崩して俊平を迎えた。

もう一人、一刀流中西派の佐島兵次郎にも、会釈をすれば、

「さ、奥へ」

と、迎えに出た荒又甚右衛門が、俊平を部屋の奥に導いた。

（慇懃《いんぎん》にして無礼――）

そう思ったが、目くじらを立てることもあるまいと笑顔で応じ、一刀流中西派佐島兵次郎の隣に座す。

こちらは、いかにもひたすら武道に精進してきたといった顔の男で、表情はいかめしいが、腹になにかを持っているようにも思えない。

「柳生新陰流には、つねに後塵《こうじん》を拝しておるが、まあ、宜《よろ》しくお願いいたす」

将軍家剣術指南役を外された一刀流らしく、無念の思いが込められているのだろう。

さして強い毒があるとも思えず、俊平は笑って佐島兵次郎に応じた。

「すでに、両派は立ち合い稽古を始めておりましてな」

荒又甚右衛門が言うと、

「ほう」

俊平は、驚いて甚右衛門を見かえした。

そう言えば、両派の門弟が壁際で仲良く膳をならべて、酒に顔を赤らめている。

だいぶ、交流はすすんでいるらしい。

「柳生新陰流も、加わっていただければと思ったが、なにせ、貴流は将軍家御家流、他流試合を、たやすくできぬとあらば、それもいたしかたあるまい。今宵は、せいぜい我らとともに酒を酌《く》み交《か》わし、親睦を深めていただきたい」

荒又甚右衛門が、残念そうに言う。

「むろん、それは当方も望むところ」

鷹揚に言って、俊平は荒又甚右衛門の注ぐ酒を受けた。

伏見《ふしみ》よりの下《くだ》り酒は、さすがに美味で俊平は一気に咽を潤《うるお》した。

「よい酒でござろう。この店は酒というものを知っておる。じつは本日、我が道場からも親睦の席に淀《よど》の下り酒を用意した。あれも、飲んでくだされ」

荒又甚右衛門が後方を振りかえれば、部屋にどかりと薦被《こもかぶ》りの酒が据えられている。

すでに一刀流中西派の門弟もその酒を荒又甚右衛門の門弟にすすめられ、飲み干している。

「ささ、柳生殿も」

直心影流の門弟が、俊平の酒器に酒を注ぐ。

「いや、それがしは飲めぬ口でな」

「そのようなこと、申されるな」

「いや、まこと無調法ながら、それがし、下戸《げこ》でござるよ」

「なに、店の酒は飲めて、我らの酒は飲めぬと申されるか」

甚右衛門は酒器の酒を強く勧める。

無警戒に酒をくらって不覚をとるわけにもいかないが、門弟はすでにたがいに酒を汲み交している。

俊平は、やむなく甚右衛門の酒を飲み干した。

ますます旨い。

「荒又殿の道場は、よい酒を飲んでおられるの」

俊平は部屋の大樽を見て言った。

「あ、いや、じつは贈り物なのでござるよ」

「贈り物？」

「鴻池殿から、門弟にとのこと。それを持参した」

「さようか」

俊平は、苦い顔で荒又甚右衛門を見かえした。

鴻池と荒又道場はすでに深い関係にあるらしい。

「率直に申して、荒又殿は鴻池の江戸店の用心棒か」

俊平は苦笑して荒又の横顔をうかがった。

「なんの、そのようなものではない。だが、持ちつ持たれつ、鴻池からは米相場のいろはを教えてもらっている」

「それは、佐島殿も同様か」

俊平は、今度は一刀流中西派佐島兵次郎を見かえした。

「いや、いや。私は。しかし、我が流も大坂で道場を持ちたいと思い、ご相談に乗っていただいたことはある」

「ほう」

あきれたもので、いずれもちゃっかり鴻池を利用しているらしい。

「されば、佐島殿も、よき思いをしておられまするな」

俊平が笑いながらそう言えば、佐島は何も言わず黙っている。

「当節、剣だけではなかなか生きてゆけぬ」

荒又甚右衛門が、猪口を片手にしみじみと言う。

俊平は、苦笑いして盃を呷《あお》った。

「柳生殿とて、しっかりやっておられるではないか。上様のウケはすこぶるよいと聞く。われらよりはるかに上手《うわて》じゃ」

「そのようなことはない」

俊平は憮然と言う。

「まあ、まあ」

佐島兵次郎が、二人の話に割って入った。

「とまれ、我ら、せっかくこうして集まったのだ。今宵はたがいに、己を飾ることなく、語り合おうではないか」

荒又甚右衛門が俊平の肩をたたく。だいぶ酒が入っているのだろう。顔が赤鬼のように紅潮している。

「申しあげておく。私は、上様のご機嫌をとってはおらぬぞ」

俊平が強く言い放った。

「そなた、青いの。そうムキにならずともよい」

「誤解されてはかなわぬゆえ、申したまで。私もこだわっておるわけではない」

「はは、そうであろう」

荒又甚右衛門が、顔を歪めて笑った。

とにかく荒又甚右衛門は俊平が気に食わぬらしい。酒が入っているだけに、表情についい出してしまう。

「私は、柳生新陰流をもっと知りたいとかねがね思っていた」

荒又甚右衛門が言う。

「はて、何が知りたい」

「柳生新陰流には、柔術の技があるという」

「あれは、初代藩主の柳生宗矩がやっておったものでな。今では、それのみの流派も生まれておる」

柳生新陰流の分派に柳生心眼流という柔術の流派ができている。

「うむ、聞いておる。奉行所の捕り方の間に広まっているそうな」

「さようか」

一刀流中西派佐島兵次郎が目を輝かせた。

「柳生新陰流といえば、無刀《むとう》取《ど》りが有名だが、柳生殿もそれができるのか」

佐島兵次郎が訊ねた。

「私は、藩祖柳生宗矩のようには上手《うま》くできぬ」

「なんの、謙遜であろう。すまぬが、一度やってみせてはくださらぬか」

荒又甚右衛門が膝を乗り出した。

「いやいや。ご貴殿らにお見せするほどの代物《しろもの》ではない」

俊平は手をあげて二人を制した。

「なんの、形だけでよいのだ。せっかくこの席にお越しいただいたのだ。ぜひにも見て帰りたい」

荒又甚右衛門が、重ねて迫った。

「まったく。見せていただけぬか。大変な名誉となる」

佐島兵次郎も言う。

「お断りしておくが、これは秘法。酒の席で座興としてお見せするようなものではない」

「それは、そうであろうが」

荒又甚右衛門が、息をつまらせてから、

「我らとて、一流を率いる身。興味本位でお願いしておるのではない。これも後学のため、これも剣の修行。ぜひお願いしたい」

佐島兵次郎が言って頭を下げられれば、俊平も返答に困った。

「しかしな――」

俊平はしばらく迷ったあげく。

「やむをえぬ」

と、受けて立った。

ここが俊平の気のよいところである。酒もまわっており、どうせ、座興とたかを括《くく》ったところもあった。

それにしても、この夜の酒のまわりは早いと思った。

「立花源次郎《たちばなげんじろう》、まいれ」

荒又甚右衛門が、門弟の一人を呼んだ。

浪人者であったか、無精髭《ぶしょうひげ》をはやした荒々しい体軀《たいく》の男で、つかつかと俊平の前に進み出ると、大きく一礼した。

むろん、宴席で大小は帳場に預けているので、いずれも無腰である。

「扇子《せんす》を、刀に見立ててよ」

荒又甚右衛門が告げた。

「かしこまってござる」

ざんばら髪を振りみだして立花は応じ、

「柳生殿」

と俊平を見て、すさまじい戦意を滾《たぎ》らせた眼である。

俊平も気を引きしめて、あらためて見据えると、

「されば、一度だけご披露いたす」

と、部屋の中央へ向かった。

部屋に広がって飲んでいた門弟たちが、膳をかかえて部屋の端に移った。

女たちも遅れて、きゃっと叫びながら男たちの後を追う。

俊平の前方で、部屋が揺れている。

そう見えたのは、酔っているからにちがいなかった。

俊平は酒に強いほうではないが、さして弱くもない。それに今宵はこの席でさして酒を飲んだ憶えがなかったが、だが、妙にまわりが早い。

前方立花源次郎が、扇を刀に見立てて、大上段に振りかぶった。

「いざ」

小さな気合を放って、立花が大上段から打ち込んできた。

俊平は前に出る。

体をかすかに斜めにずらし、その扇をかわして、相手の内懐《うちぶところ》に飛び込んだ時、ぐらりと前方の視界が崩れた。

足元がふらつき、俊平は反対に腕を掴まれ、立花に豪快に投げ飛ばされていた。

一瞬大きな沈黙が部屋を支配し、笑い声がどっと起こった。

「どうなされたな、柳生殿ッ」

荒又甚右衛門が、笑みを湛《たた》えた顔で近づいてくると、俊平を抱えあげた。

俊平はその手を払い、酔いのまわった眼で荒又甚右衛門を睨みあげた。

不覚であった。

どうやら、酒のなかに眠り薬のようなものが含ませてあったらしい。

それも、かなりの強い薬のようであった。そのために、足元がふらついたばかりか、判断力も乱れて、見事に裏をかかれ、投げ飛ばされてしまっていた。

「不覚……」

俊平が思わず言葉に出すと、

「なんの、不覚ではござるまい。柳生新陰流無刀取りの秘儀は、それだけのもの。そうであろう、佐島殿」

荒又甚右衛門が隣の佐島兵次郎に訊ねれば、佐島はふと考えた末、言葉少なに、

「柳生殿は、酔っておられたのでござろうよ」

と俊平の顔をのぞいて言った。

佐島兵次郎もこの悪だくみに加わっているらしい。

「いや、まだ柳生殿はさして飲んではおられぬ。無刀取りは、秘儀中の秘儀、柳生宗矩殿はたしかにそれを成し得たのであろうが、柳生俊平殿は、久松松平家からのご養子。そのような高度な技が、できなかろうと不思議はあるまい」

蔑《さげす》むような眼差しで荒又甚右衛門が言う。

「さようかの」

佐島兵次郎も、つられるようにそう言って、あらためて俊平を見た。

部屋の空気が、一変している。

冷たい視線が、いっせいに俊平に向けられていた。両派の門弟たちも、薄笑いを浮かべている。

俊平は、慙愧《ざんき》の念にかられて立ち上がった。

「いやいや、私の不覚であったのだ……」

そう言えば、足元がふらつく。

「大丈夫か、柳生殿」

一刀流中西派佐島兵次郎が俊平の腕を取った。

なんと弁明してもしようがなかった。

俊平が、油断していたのである。

おそらく、俊平はこの敗北をさんざんにあざ笑われ、この敗北を吹聴《ふいちょう》されようが、いたしかたなかった。酒に薬が入っていたなどと、言い訳はできないのである。

「されば、今宵はこれにて失礼する」

俊平はかろうじて言い席を立った。

何を言っても始まらなかった。
店の外に月は無く、寒風が肌に痛いほど突き刺さった。

# 第五章　直心影流《じきしんかげりゅう》の太刀

一

「俊平、そちは神尾には言わぬと約束したそうじゃが、余にすべてしゃべっておるではないか」

八代将軍徳川吉宗は、柳生俊平から事件の顚末《てんまつ》をじっくり聞き終えるなり、大きな口を開け、からからと笑った。

江戸城中奥《なかおく》将軍御座の間では、いつものように将棋好きの将軍の相手をして、俊平は対局に興じていたが、ぽつりぽつりと話しだした俊平の話が面白いのか、吉宗もついには駒をほうり捨て、話に聞き入っている。その吉宗の顔をうかがいながら、俊平も盤面などそっちのけで、鴻池が催した宴の席の出来事を微《び》に入り細《さい》に入り語ってきかせた。

「それがし、これまでは己を口の堅い男とは思うておりましたが、思いの外《ほか》おしゃべりであることに気づきました。しかも、なんでも面白おかしく話してしまいます。これでは、まことにいけませぬの」

俊平は、笑いながら吉宗を見かえし、後ろ首を撫でた。

「なに、そうではあるまい。そちは、余が神尾を許してやることを承知の上でしゃべっておる」

「はて、そこまでのことは」

俊平が惚《とぼ》け顔で吉宗を見かえした。

「よいのじゃ、余はたしかに近頃、考え方がいささか柔軟になりすぎて、身動きがとれぬようになっておる。これもまた困ったことじゃ」

吉宗は、いまいましそうに俊平を見かえし首を捻《ひね》った。

「上様のお立場からは、そのような冷静なご判断をくだされるのもいたしかたないことと存じまする」

「そうかの。腹のうちは、時に真反対となることもせねばならぬ。辛いことじゃ」

「しかし、上様の大局的なご判断、きっとよき結果を産みましょう。神尾春央はまだ使えましょう」

「そうであれば、よいのじゃが」

吉宗はだが半信半疑らしい。

「さて、当面は奥州の飢饉の行方にござりますな」

「うむ」

「回復の兆《きざ》しは見えましょうか」

「うむ、まだ難しかろう」

吉宗は、そう言って、城内中庭の空模様をうかがった。

「当面は諸藩が、いっせいに拠出してくれておる。とまれ、今しばらく辛抱《しんぼう》がつづこう。飢饉の終焉《しゅうえん》は天のみぞ知るところ」

「それは、そうかもしれませぬ」

俊平は顔を撫でて、困惑の表情を見せたが、

「しばらくは、仕事のできる男が必要じゃ」

「上様が神尾めをまだ必要となされておられること、それがしもよく心得ております。神尾の財政手腕は両刃の剣にて、悪しき一面も諸国の民にとっても必要なものでございます。ここは、大の虫を活かすため、小の虫は見て見ぬふりをすることも必要と、

それがしも考えまする」

言って、俊平は顔を伏せた。

俊平の怒りの表情を、吉宗は見て笑っている。

「それにしても、妙な世の中になったものでございます」

俊平が、また重い口を開いた。

「まことよ。世の民は、余を米将軍と揶揄《やゆ》しているようだが……。余はまこと敗軍の将じゃ。米相場ではつねに後手後手にて、堂島の動きに遅れて手を打つ頃には、問題がすでに別に生じておる。米商人に、いつもその先を越され、遅れをとってきたのじゃ」

今度は、俊平が押し黙っている。

「〈手広く〉取引が行われねばならぬことはわかっておる。多くの者が、取引に参加できることが大事なのであろう。それが堂島の商人の願いなのであろう。〈手狭〉では、値動きが変わらず、取引も成立しにくい。値が動くようにせねばならぬところじゃ。その大原則のために、幕府もこれまで見て見ぬふりをしておる。手旗も結局、認める方向に動いている」

「私も、それでよいのではと思うております」

「大槻伝蔵の行為も、きびしく罪には問えぬのではと思う。それも、自由なる競争のうちじゃ。だが、こたびは米の値が大きく動き、上がり過ぎて民が苦しんでおるという。いったい、どうすればよいのか。〈手広く〉の願いがかえって仇《あだ》となった。将軍の余とて、まったく歯が立たぬ」

吉宗は、拳を丸めて膝をたたいた。

「結局のところ、堂島に明るい神尾殿の手に委《ゆだ》ねるよりないのかもしれませぬな。しかし、それをよいことに、神尾殿は好き放題、私腹を肥やしておりますれば、なんとも悔しう存じまする」

「まことに、ふとどき千万よ。蟄居《ちっきょ》、閉門《へいもん》、いや腹を切らせるほどの罪状をしでかしておるという。せめて、そなたが奴の横暴を懲《こ》らしめてくれ」

「まことに残念なことではございますが、そう言っていただければ、嬉しうございます。しかし、懲らしめると申しましても」

「話を聞けば、鴻池も一味同心のようじゃな。相場が、一部の者らの私物となれば、堂島の相場は終わりじゃ。一部の者の利益のために、万民が泣きを見るのでは、世も末じゃ。よろしう頼むぞ」

「されば、相場の行き過ぎを正すと申しましても、それがしは一介の剣術指南役」

「なにを申す。そなたは幕府にとって欠くことのできぬ影目付じゃ。相場にもその目、光らせてくれぬか」

「無理難題かと存じます」

「なに、あくまで民のためじゃ。そのためには、余も我慢ならいくらでもする」

「それがしに、その覚悟はございますが」

「うむ。それで俊平。実のところはどういたす。こたびは、値上がりすぎた米の値をどう下げるかじゃ」

「まずは、法令の伝達をぎりぎりに近いところまで引き延ばし、商人や勘定奉行が対応する余裕を与えぬように急遽《きゅうきょ》発するのがよろしかろうと存じます。奥州の飢饉は、まだしばらくつづきましょうが、幕府の手が読めぬようにすれば、売価も急騰することはありますまい」

「うむ。西国の大名には、順繰りに目立たぬよう買わせていこう。幕府の買い入れについてもはね上がらぬよう、わずかずつじゃ。それも知られずにな」

「その意気でございますぞ。勘定奉行に任せすぎぬことが大事」

俊平は、満足して吉宗に笑いかけた。

「されば、寺社奉行となった大岡忠相《おおおかただすけ》にも協力させるとしよう。そなたも、さらに立ち入って手伝ってくれ」

「それがし、ただの兵法者ゆえ、なにもできませぬが、できることならなんでもご用命くだされませ」

「よう言ってくれた。よろしう頼む」

吉宗は膝をあらため、

「このとおりじゃぞ」

俊平に丁寧に頭を下げた。

吉宗が家臣に頭を下げるなどと、まずはありえないことだ。俊平は、あらためてその吉宗の苦悩に心を痛めるのであった。

「上様、どうかそのようなこと、おやめくだされ」

手を上げて吉宗にそう言ってから、俊平はその重責に頭をかかえる思いであった。

まだまだ、難問は山積している。

深川の宴席で同席していた重臣前田直躬や、道場主荒又甚右衛門の憎々しげな顔が目に浮かんだ。だが、真の敵は、したたかな堂島の米商人たちである。

俊平はその日、吉宗との将棋の相手を一局だけにとどめ、急ぎ城を後にするのであった。

二

「これは、見事なものでございますな」

俊平は、おもわず眼前に並べられた淡い色合いの上菓子の数々に目を瞠《みは》った。

吉宗との歓談の後、俊平は本郷の加賀藩上屋敷を訪ねた。本多政昌を介して、俊平が藩主前田吉徳へ面談を求めたのであった。

藩政改革の進展具合を聞き、励ましてやりたい気持ちであった。

また、将軍吉宗の声援をなんらかのかたちで届けてやりたいとの思いもある。

本多政昌の手配だけに、藩主前田吉徳はじゅうぶん配慮をもって俊平を迎えたのは言うまでもない。

「これはまだちと早うござるが、迎春のための菓子を金沢から送らせようとしましたところ日が保《も》ちませぬ。江戸にもなきものゆえ、奥の女たちに真似て作らせてみました。むろん金沢の味にはおよびませぬが、珍しきものゆえ、柳生様にはご賞味いただきたい」

吉徳は、飾らぬ笑顔を俊平に向けた。

吉徳の隣では、大槻伝蔵、本多政昌がゆるりと座し、これまた俊平に穏やかな眼差しを向けている。

「ほう、それがしのためにこれほどの準備とはまことに痛み入りまする」

「なんの。加賀の菓子は、まだまだ京のものにはおよびませぬ。しかし、江戸の菓子とはまた趣《おもむき》がちがいまするぞ」

吉徳は誇りを隠すようにして俊平に微笑みかけた。

「蝶《ちょう》、ひとひら、宵桜《よいざくら》……、それぞれに雅《みや》びな名がついておりまする」

「手をつけるのが、もったいないほどのものでござる」

そう言いながら、ひとつ手に取ってみる。

「江戸の菓子も幾度か口にいたしたが、加賀の菓子は京風で小作り、上品な淡い色合いが多く、見ているだけで心が躍《おど》り申す」

口に運んでみれば、たしかにやわらかな口あたり、おだやかな甘さと香りが口いっぱいに広がってくる。

「旨い」

俊平は飾ることなく、思ったままを吉徳に告げた。

「剣の達人柳生様に褒めていただければ、菓子も喜びましょう」

吉徳は満足そうに微笑んだ。

俊平のようすは極めて穏やかなもので、加賀藩に忠告を伝えにきたのではないことがほぼ明らかであった。

将軍吉宗に近いと噂される柳生俊平が訪ねてくると聞き、吉徳は本郷の上屋敷でひとり身構えていた。

大槻伝蔵の詳細をつかんでおり、また勘定奉行神尾春央との繋がりも承知しているらしく、なにやら咎めを受けるのではないかと戦々恐々《せんせんきょうきょう》としていたのである。

吉徳は、俊平を柳生家を継いだ久松松平家の部屋住みで、剣はかたちばかりの藩主と見ていた。だが、久松松平家の出身で、徳川一門だけに油断はできず、とにかく頭を下げ俊平を平身低頭して迎えることと決めていた。

吉徳は百万石を預かる身分、心は鍛《きた》えられている。藩を護るためならどんなことでもできる、と考えてきた。

「まことに美味。これはまことに江戸では味わえぬ味でござる。しかも下《くだ》り物ではなく、ご城下金沢の菓子屋のものという。いやはや、百万石の大藩のお力はお見事でござる」

俊平は、おおらかに二つ目の菓子を頬ばった。

「いや、そのように言っていただければ、かえって胸がいたみまする」

吉徳はふと自嘲気味に言った。

「加賀藩は大藩であることに胡座《あぐら》をかき、財政を軽んじておりました。本多政昌殿からお聞きおよびとは存ずるが、当藩は今、財政の立て直しに大わらわでござる」

俊平が財政のことで来たことはわかっている。さして厳しいことは言わぬのであればと、吉徳は先取りして話題をそちらに向けた。

「心得ておりまするぞ。我が柳生藩も、小藩ながら貴藩と同じ立場。遣《や》り繰《く》りに窮しております」

「はて、柳生殿のところも、同様でござるか」

吉徳が、興味をもって俊平に訊ねた。

「さよう。大藩も小藩も、同じこと。規模がちがうだけでござってな。あちこち借金をして、じつは我が藩も首が廻りませぬ。藩政を支える産業を育てねばと、腐心しておりますが、なかなか言うは易く」

俊平がそう言って苦笑いすれば、吉徳も安堵して笑顔を浮かべた。

「聞くところによれば、柳生殿のところでは、菖蒲を育てておるそうでございますな」

吉徳は、隣に座した本多政昌から聞いた柳生藩の産物について訊ねた。

隣に控える本多政昌がうなずく。

「〈公方菖蒲〉と申す品でござりましてな。その名のとおり、公方様喜連川茂氏殿にちなんで名づけ申した」

「それは、いちど見てみたいもの」

吉徳が、笑ってうなずいた。

「まだまだお見せするような代物《しろもの》ではござりませぬが」

言ってから、俊平は茶を置き、

「あ、いや、そのことは、すでに大槻伝蔵殿に申しあげてござる。そのために、わざわざご当家をうかがったのではありませぬ」

俊平はそう言って笑いを浮かべ、吉徳、大槻主従を見やった。

「なに、さきほど申しあげたごとく、大藩も税政に窮するところは同じ、そして幕府も同じということでござるよ」

「はい、それはそうでございまするが」

吉徳は、もういちどうかがうように俊平を見かえした。

「つまり、幕府も加賀藩も同じ立場、さらに詳しく申さば、幕府は直轄領から入る税収ではもはややっていけなくなっています」

「なんと申される！」

「支出のほうがはるかに大きい。だから上様も一汁三菜、綿服に大草鞋で過ごされているのです」

「驚きましたな。幕府がそこまでとは、考えてもおりませなんだ」

吉徳は、いくどもうなって俊平を見かえした。

「このこと、幕府の沽券《こけん》にもかかわるゆえ、ご内密に」

「心得ましてございます」

「まこと、このままでは、武士はみな商人に借金をして生きていかねばなりませぬ。商人に頭があがらないのは、知ってのとおり。かつて幕府は堂島の相場を、意のままに動かそうとしましたが、それもできませぬ。淀屋から堂島の実権を継いだ鴻池は、幕府を抱き込んでしまっている。むしろ、大名家を手足として使っている」

前田吉徳はうつむいた。

大槻伝蔵と勘定奉行神尾春央のつながり、ひいては加賀藩と勘定奉行とのつながりをさらに指摘されるかと思ったが、そうではなく同病相《あい》哀れむと言っている。

「私は、貴藩を問題にするつもりはありませぬ。貴藩が行ったことは、懸命に財政再建に打ち込むうえでちょっと行き過ぎがあったということ。むろん、それはまずいことではありますが、大槻殿も、神尾春央との関係を断ち切るお覚悟ゆえ、もはや、咎めることはいたしますまい。よろしいの、大槻殿」

大槻伝蔵は苦笑いして、懐から新しい手拭いを取り出し、首筋をぬぐった。

「されば、柳生殿。率直にお訊ねいたすが、本日当屋敷にお越しいただいたそのわけは」

前田吉徳が、膝を乗り出して俊平に訊ねた。

「それがし、こたび上様の内々のご指示により、加賀藩の財政再建の具合をつぶさに見て来いと申されました。そこで、あれこれ前もって調査をいたしましたが、調べれば調べるほど、貴藩が大変な思いをして難問に取り組んでおることがわかりました。上様もそれを知り、およばずながら加賀藩を声援してやってほしいと申されておるのです」

「それは、まことでござるか」

前田吉徳は、大槻伝蔵と顔を見合わせ喜びを露《あらわ》にした。

「まことでござる。つまりそれがし、こたびの前田殿、大槻伝蔵殿の懸命の財政改革に声援をお送りしたく、まいった次第」

「まことにそのために」

「さよう。そのためでござる」

「なんともありがたきこと」

前田吉徳はしばし絶句し、両頬を手で抑えた。

「当藩、これにすぎる誉《ほま》れはありませぬ」

隣で、本多政昌も笑みを浮かべている。

「されど、財制改革は遅々としてすすまず、藩内に反対者は多い。柳生殿もご存じであろう。我が加賀藩は、八家と称して重臣らが多数跋扈《ばっこ》しております」

「承知しております」

「その者らは、藩の利権をしっかり握りしめ、手離そうとせぬ」

大槻伝蔵が藩主の言葉を追って言う。

「まこと困ったことにございまする」

「その者らは、藩主であるこの私にまで、正面きって反抗を企みます。今や、家中は二つに割れ、解決の目処《めど》もたちませぬ」

「おそらく、この闘いは長びきましょう。しかし、負けてはなりませぬ」

俊平は強い口調で言った。

「その者ら、藩がつぶれても、利権は手離さぬ覚悟」

いつも強気の大槻伝蔵が、俊平の前で弱音を吐いた。

俊平はただ笑うばかりである。

「藩内の反対派は、どこの藩にもおります。気長に打ち砕いていくよりありませぬ。いずれ、財政はさらに悪くなり、守旧派は、自然に追い詰められていくでしょう」

「柳生殿の申されるとおりじゃ。ゆっくりいくよりありませぬ」

本多政昌が、強くうなずいて言った。

それを伝えにまいっただけ、それがしはこれにてお暇《いとま》いたす」

俊平が言えば、吉徳が驚いて微笑みをくずした。

「あ、いや。私の言うことはこれにつきる。せいぜい改革にはお励みくだされ。強権を発動すれば、対立は激化する。やんわりと、反対派とも協調する姿勢で。よろしいな」

俊平はそこまで言って立ち上がった。

百万石の太守前田吉徳が、深く俊平に頭を垂れている。

三

藩邸にもどった柳生俊平は、玄関脇に立ち、道場の人だかりの多さに困惑して、迎えに出た慎吾にそのわけを訊ねた。

昼間、荒又道場の門弟が大挙して訪れ、柳生新陰流に正式に他流試合を申し込んだという。

むろん、道場での他流試合はせぬのがしきたりで、師範代の新垣甚九郎がそれを拒んだところ、相手方門弟から凄まじいまでの悪口雑言《あっこうぞうごん》が繰り出されたという。

「将軍家剣術指南役をよいことに、その地位に胡座をかいておる」

「実力など微塵もない形式のみの古流で、師範も他家から養子をとった藩主、剣の技に見るところなどまるでない」

あるいは、

「だからこそ、臆病風に吹かれ、自信のないまま逃げまわっておるのだろう」

と、さまざまである。

門弟らは道場に土足で上がり、床に唾を吐き、吐瀉《としゃ》を撒くなど、やりたい放題の振る舞いの末、帰っていった。

門弟がたまりかね、破門を覚悟で受けて立った者があった。

だが、先方はさすがに強者ぞろい、門弟どもはさんざんに打ち据えられ、涙を呑んで引き退がるよりなかったという。

「それは、ありえぬような話だな……」

俊平はしばし茫然《ぼうぜん》として、話を聞き、玄関に立ち尽くしていたが、また我にかえり、師範代新垣甚九郎を呼び出した。

新垣も、慎吾と同じことを俊平に伝え、悔しそうに唇を噛み、うつむくばかりである。

「それほどに、手強かったのか……」

「はい」

甚九郎はそう言って、悔しそうであった。

たしかに直心影流は、当代人気の流派で、それに比べ柳生新陰流は江戸では学ぶ者も少なくなり古流に近く、型中心で剣の動きも比ぶべくもない。

むろん、相手はいま流行《はや》りの道場剣法ゆえ、打ちは浅いが、動きはすばやい。

「されば、そなたも敗れたのだな」

俊平は新垣に訊ねた。

「幸いそれがしは、その場におらず、慎吾、城太郎ら若手の者が主に立ち合いましたが、無念の結果となりましてございます」

だが、たとえ師範代の新垣甚九郎がいたとしても、勝てたかどうかはわからない。それだけ相手は強かったのは確からしい。

「そうか」

俊平は、話を聞いて肩を落とした。

直心影流は強豪揃いと噂には聞いていたが、実際に当たってみて、よもやそこまでとは俊平も思ってはいなかった。

慎吾や城太郎が手も足も出ないのでは、その実力差は歴然としているのでは、と不安さえ脳裏に過《よぎ》る。

「あ奴ら、柳生新陰流など、ただの古流にすぎぬ、などとうそぶいておりましたが、まことでございましょうか。型ばかりを重んじ、もはや剣の速さが付いて来ぬ。赤児の手をひねるようなものだとも言うておりましたが。実際の動きを比べれば、そのような感じがしてまいります」

慎吾が、不安げに言う。

「なに、言わせておけばよい。古流には古流の的確な理を極《きわ》めた大技がある。速さばかりのなまくら剣法とはわけがちがうのだ。真剣で立ち合えば、それはすぐにわかる」

俊平が落ち着いた口調で言えば、慎吾も納得したか、

「たしかに、打ち込みはいずれも浅く、速さのみが目立ちました。しかし、敗けは敗けでござります」

言ってようやく顔を上げた。

「とまれ、いずれ再訪しよう。その時は私が相手になる」

俊平が、きっぱりそう言えば、

「お願いいたします」

慎吾が俊平に頭を下げた。

「されば、それがしも前面に出て闘いまする」

新垣甚九郎が、唇を嚙みしめて言った。

「うむ、頼むぞ」

俊平が、そう言って二人を慰めたが、二人でどこまで立ち向かうことができるか、疑念が残る。

うだの」

「それにしても、神尾はあの宴席で神妙にしておったが、やはり鬱憤《うっぷん》を溜めているようだの」

「そのこと。あの連中は、この交流は米相場の恨みとはまったく無縁のことゆえ、誤解なさらぬように、剣の道での争いであると、幾度も申しておりました」

「小癪なことを言う。どうせ、金でけしかけられたのであろう。さすれば、その金は鴻池から出たか、それとも加賀の八家か」

俊平が、苦笑いして独りつぶやくと、

「さぞや、大金が出ておるのでございましょうな」

甚九郎も、青い顔をしたまま俊平を見かえしている。

「おそらくは。だが、次は負けはせぬぞ」

俊平は、もういちど甚九郎の肩を取り、真顔となって藩邸に向かった。

伊茶と惣右衛門が、玄関で心配そうに俊平を出迎えた。

それから数日して、柳生藩邸の俊平のもとに、

——将軍家剣術指南役柳生俊平殿

と、大書した書状が届いた。

まぎれもない、他流試合の申し込みである。

――先日は、貴道場に赴《おもむ》き、立ち合いを求めたが、あいにく若手のみの相手で、強豪は不在であったように見受けられた。こたびはぜひ、道場主の柳生俊平殿にご足労いただき、ふたたび立ち合い試合をお願いしたい。

とある。

立ち合いの場所は、本所常泉寺《じょうせんじ》脇の広場、日時刻限は、明後日夕七つ（午後四時）とあった。

差出人は、道場主荒又甚右衛門である。

「殿、一対一の対決となれば、もはや果たし合いではござりませぬか」

惣右衛門が、血相を変えて言った。

「そのようだの」

俊平は皮肉に笑った。

だが、流派同士の立ち合い試合と言うからには、よもや真剣の勝負にはなるまい。

それにしても、荒又甚右衛門の強引さは、なにゆえかと思った。

柳生道場での一方的な勝負に自信を深めたか、それとも、鴻池の怒りがまだ収まらぬのか。

「荒又は、江戸では三本の指に入ろうという強豪。万一のこともござれば、ここは、徳川家の名誉のためにも、受けぬが賢明かと」

惣右衛門は、唇を小さく震わせて言った。

当然惣右衛門とて怒りはあるが、自重を促すのであった。

「馬鹿を申すな。相手がいかに強豪とはいえ、挑戦を拒むことが徳川家の名誉を守ることとは言えまい。それに、口うるさき連中が背後に控えておるはず。ここで私が逃げるような姿勢を見せれば、この先どのような悪口雑言を言い散らされるやもわからぬわ」

俊平は、この立ち合いだけは逃げることができないと、あきらめている。

「しかし、柳生新陰流は将軍家御家流。御家流とはそのようなもの。立ち合いを断わったところで、後ろ指を差されるおそれはありませぬぞ。軽挙妄動《けいきょもうどう》することこそ、将軍家に傷をつけることと存じまする」

慎吾が、なおも言葉を重ねた。

「さようでございます。俊平さま。ここは、挑発に乗ることがないよう」

伊茶も、俊平の手を握って諫《いさ》める。

「いやいや。心配してもらうのは嬉しいが、私は決して負けはせぬ。流儀と流儀の勝負。立ち合い試合というからには、私怨《しえん》ではないと思いたい。それに私が、道場主の荒又甚右衛門を一人退ければ立ち合いは終わるのだ」

「しかし、相手はじつのところ、鴻池や神尾春央めにけしかけられておるにちがいありません。それに、どれだけの数の門弟が背後を固めておるやも、わかりませぬぞ」

惣右衛門が言った。

「さようでございます。なにせ、相手は門弟千人を越える大道場主でございます」

慎吾も、言葉を重ねる。

「なんの。これはやくざの出入りではないのだ。闘う相手は、ただ一人。私に任せておけばよい」

俊平は、惣右衛門と慎吾の制止を振り切り、一人部屋に籠もって静かに木剣の手入れを始めた。

この勝負は当然立ち合い稽古の形をとる木剣の勝負となる。

荒又の直心影流は、速度の速い合理的な剣という。できるだけ木剣は軽いものとし、俊平は樫材《かしざい》のものを選んだ。

しばらくの間は、部屋に伊茶さえ近づくのを許さなかった。伊茶も、俊平の覚悟のほどを察してか、しばらく部屋に近づこうとしない。

あるいは、俊平が負けるかもしれない、と考えているのか。と俊平はふと思った。その悲壮なまでの気迫が、木剣をさらに鋭くさせる。大丈夫、と自分に言い聞かせ、俊平は樫に小刀を当て、さらに鋭く削っていった。

二日が過ぎ、俊平は惣右衛門と伊茶、それに慎吾ら若手の門弟五名を連れ、柳橋から屋根船に乗り、対岸の本所の渡し場へと移った。

この辺りは、閑静な寺社地で、まだ畑地が多く、あちこちに広場も残っている。

見れば、前方松林の陰、荒又道場の門弟が欅《けやき》の大木の下に、五十名ほど蝟集《いしゅう》しているのが見えた。

手前は半丁ほどの空き地となって、そこを立ち合いの場とするつもりらしい。

「しかしこの場所は、立ち合いの場というより、むしろ集団での争いにふさわしき広さ。相手は数を頼んで襲ってまいるやもしれませぬぞ」

惣右衛門が、心配そうに前方を見て言った。

「なんの。荒又甚右衛門にも誇りはあろう。そのような卑怯《ひきょう》な手は使うまい」

「しかし、このままでは」

慎吾が、俊平を護るようにして前に出ていく。

「やめよ、慎吾。これは、私と荒又と二人の闘い」

俊平は、慎吾を払いのけ、前に出た。

蝟集する男たちに向かって一人歩きだせば、前方五十人のなかから一人がゆっくりとこちらに向かって歩きだした。

強い風のなか、わずかに目を細めて前方を見れば、道場主の荒又甚右衛門の姿がある。

俊平は、安堵の吐息を漏らした。どうやら、やくざの出入りのような争いは避けられたらしい。

「よう、まいられたな。荒又殿」

俊平は、明るい声で言った。

「柳生俊平殿か。本日は、不肖《ふしょう》この荒又甚右衛門がお相手いたす」

「されば、こちらも私一人がお相手いたす」

「されば、一対一の試合で、爽やかに立ち合おう」

「望むところ。私を駆り立てる者どもは、私怨をもって当たれ、とけしかけるが、私も剣に生きる者。柳生殿への遺恨はない」

荒又は逆風に向かって、髪をなびかせ言った。

「だが、あの夜の宴の席では、悪戯《いたずら》が過ぎたようであるな。ご門弟も、当道場にて不礼をはたらいたようだの」

　俊平が挑発すると、荒又の顔色が変わった。

「ほんの悪戯でござった、他愛もないことよ。こたびこそ、ご油断なさるな」

　荒又甚右衛門は、唇を歪めて言った。

「まあ、門弟は正直に剣を取ったか知らぬが、流儀の優劣はいずれわかる」

「ならば、そこもとが敗けても、恨みなしと願いたい」

「もとよりのこと」

　荒又は、五間の間を開いて俊平に歩み寄ると、左手に持った木剣をひたと中段に取って身構えた。

　俊平も、削り込んだ木剣を同じく中段に据える。

　木剣といえど、強打すれば死を招く武器となることは言うまでもない。真剣も同然と思って立ち合わねばならない。荒又も、当然、木剣の威力をもって生死を賭けてくるはずである。

「惣右衛門――」

　俊平が、大声を放った。

「はッ」

十間離れた後方に惣右衛門の姿がある。

「そなたに、審判を頼みたい」

「心得ましてございます」

惣右衛門が、風のなかで大声を放った。

小走りに急いで両者の間に立つと、手を高く上げた。

「一本勝負、始めッ」

互いに蹲踞《そんきょ》する。

荒又は、眼光が殺気をはらんでたぎっている。

（やはり、生死を分ける試合をする腹か……）

俊平は、荒又の鋭い殺気に気を引きしめた。

荒又は、己の剣の優位を疑っていないようであった。一気に打ち据え、俊平を絶命させるつもりらしい。

「そうは、させぬわ」

俊平は、木剣をゆるりと下段に落とした。

さらにその剣を、斜め後方にゆっくりと移す。

これは、相手の出方を見る、いわば待ちの構えであった。よほどでなければ、この体勢からすぐに攻めに転じることはできない。

それを俊平の気の弱さと見てとったか、荒又は己の優位を信じ、ゆっくりと一歩を踏み出してきた。

だが、俊平は動かない。

俊平は、ゆっくりと目を閉じた。

荒又はなおも前に出る。

両者の間合いは、すでに三間にまで狭まっている。

荒又は、俊平が不動の姿勢に入って動かずにいるのを見てとると、しばらく薄笑いを浮かべていたが、ふとその静けさを不審に思ったか、ぴたりと歩みを止めた。

木剣を、中段から上段に取る。

気迫で脅すつもりである。

「えい」

鋭い気合を放った。

だが、俊平は微動だにしない。わずかに右足を前に踏み込み、ゆったりとした前傾姿勢を保っていた。

かすかに不審の念を抱いた荒又が、今度はいきなり動いた。

「えい」

また、気合を放った。

上体を微動だにせず、腰に乗せたまま、滑るようにしてさらに間合いを寄せてくる。

俊平の木剣が、スッと中段に移った。

同時に、荒又の木剣が高く跳ねあがり、真一文字に俊平に迫っていった。

それをゆったりと見切って、俊平がスルスルと後方に退がっていく。

荒又はさらに激しく撃ち迫った。

俊平は全身を鞠のようにして、一転、二転した。

荒又がさらに追う。

俊平が立ち止まり、今度は前に転じると、一気に踏み出し、ハシハシと刃を合わせて両者は跳び退がった。

両者離れて、ふたたび間合いは三間――。

さすがに、静かな立ち合いである。

荒又が、険しい表情で俊平を見た。

強い――。

とうとう、そう思ったらしい。

俊平は、息ひとつ荒らげていない。
荒又の顔に、強いこわばりが浮かび上がった。
背後の門弟たちに蠢きがあった。
師のようすにわずかに動揺が見られたからである。
固唾《かたず》をのんで両者の勝負に見入っている。
荒又が、気をあらため、ふたたび前に出た。
と、俊平は奇妙な構えに移った。
木剣を頭上に掲げるや、その剣先を後方に垂らしたのである。
柳生新陰流奥伝にある〈霞《かすみ》の構え〉であった。
大胆不敵とも言える構えに、門弟がざわざわと動いた。
荒又は、さすがにたじろいだ。
俊平は笑っている。俊平が、その体勢のまま、一歩前に出た。
荒又が、じりと後方に下がる。
俊平はそこから動かない。
風がさらに強まっていた。
両者、動く気配はない。

荒又が、痺れを切らして前に出た。

剣を上段に撥ねあげるや、真一文字に撃って出た。この一撃に賭ける凄まじい勢いがあった。

荒又の足元で、地が弾け散った。

両者の木剣が重なり合う。

ふたたび数合、両者激しく打ち合って、退いた。

荒又道場の門弟たちが、俊平の前方左右に回る。

じわじわと俊平を囲みはじめた。

それを見て、伊茶が、惣右衛門が、動く。

「やめておけ」

俊平が、短く言った。

伊茶が、惣右衛門が、ぴたりと静止した。

門弟も立ち止まる。

次の瞬間、荒又甚右衛門が激しく動いた。

木剣を中段に据え、そのまま勢いよく前に踏み出していった。

その迅速《じんそく》な動きに、俊平は一瞬早く後方に退がったが、ぴたりと停止するや、ふたたび前に出ていった。

荒又甚右衛門がそれを迎えるように木剣を斜め上段にはね上げ、左手に持ちかえると、鋭い気合いとともに俊平に斜めに撃ち込んでいく。

木剣が、交差したかに見えた。

その刹那《せつな》、俊平の体が斜めに傾いて、くるりと反転し、荒又の振り下ろした右小手を厳しく打ち据えていた。

「うっ」

甚右衛門が思わず木剣を落とし、右手首を抑えた。

右膝が崩れ、そのまま地に崩れている。

骨が砕けたようだった。

「回復には、しばらくかかろうな」

静かな口調で、俊平が甚右衛門に言った。

「そなた、剣に撃ち込むのだ。妙な輩《やから》と交わり、利に走るな。ふたたび相まみえよう」

荒又は腕を押さえ、苦しげに目を瞑《つむ》っている。

ぐるりと俊平を取り巻いた荒又道場の門弟が、木剣を構えてじりと間合いをつめた。

俊平はそれを鋭く睥睨《へいげい》し、木剣を下段に取ると、門弟どもは動けない。

「殿、お見事でござった」

伊茶が駆け寄ってきて、俊平に微笑みかけた。

「なに、荒又殿との技量の差はわずかなもの、私も危ないところであったよ」

俊平は、荒又甚右衛門を見かえして言った。

荒又は、完敗を認め黙っている。

頭上で烏《からす》が数羽、低く旋回し、繰り広げられた非情な闘いの余韻《よいん》を静かに感じ取っているかのようであった。

四

「芳澤あやめさん、結局米相場で大損をしたそうですよ」

俊平がお局館を訪ねると、吉野《よしの》が駆け寄ってきて俊平の袖を摑み、大仰な声で言った。

なんでも、団十郎一座の女形で、今は戯作者の卵となった玉十郎が、血相を変えてお局館まで伝えてきたのだという。

「団十郎さまの周辺もその話でもちきりで、よほど衝撃を受けなさったか、お芝居の幕がなかなかあがらなかったというじゃありませんか」

あきれ顔で吉野が俊平に言う。

「大御所が、それほど狼狽するんだから、芝居小屋建設の夢が遠のいたと思ったんだろうね」

俊平は苦笑いをして、大御所の大袈裟にひん曲げた滑稽《こっけい》なほどの苦渋の顔を、思い浮かべた。

むろん、当の団十郎はそんな大袈裟な表情はしないが。

「やはりその徳次郎という番頭に一杯食わされたか。すこぶる順調という話だったが」

廊下を吉野と並んで歩きながら、俊平が声をかけた。

「無理もない面もあるらしいんですよ。奥州の飢饉はさらに悪化していたのですけど、幕府の命《めい》で、諸大名が同調して米買い上げを始めたのが裏目に出たのか、米の値が頂きまで上ると、今度はどんどん下がっていったとか」

刀の下げ緒を解き、みなの集まる居間に入ると、すでに主だった賓客が集まっていてその話題でもちきりである。

公方様喜連川茂氏、伊予小松藩主一柳頼邦、それに俊平の側室伊茶、さらに伊茶の隣にはめずらしく、久松松平家の三男松平定弐《さだたけ》の妻となっている俊平の元の妻阿久里《あぐり》の姿も見える。

阿久里はお局方とも昵懇《じっこん》で、三味線《しゃみせん》の習い事のため月に数度は必ず屋敷に顔を出しているのであった。

他に団十郎一座からは、若手の役者が数人、稽古に訪れ、わいわい賑やかに一座の話題を振りまいている。

「それで、大御所は今どうしているのだい?」

俊平が、若手の大部屋役者米次郎《よねじろう》に訊ねた。

「宮崎翁と話し合っていらっしゃいましたが、宮崎先生だって相場はずぶの素人《しろうと》なんで、らちがあかねえ。そこへ、柳生道場の鶴次郎さんが立ち回り指南にいらしたんで訊ねたところ、ここは難しいところにさしかかったんで、しばらく休んだほうがいいよと」

同席の若手役者たちと、顔を見合わせて言う。

「それが順当なところだろう。相場が激変している時は、玄人《くろうと》でも大損をする。素人の大御所が手を出すところではあるまいよ」

俊平はそう言うと、公方様喜連川茂氏もその判断をもっともとうなずいた。

「あの、俊平さま」

かつては俊平の妻であった久松松平家の阿久里が、遠慮がちに口を開いた。

「なんだね。阿久里」

「じつは、私の夫の松平定弐も同じなのですが……」

阿久里が小声で言った。

その小声がかえってみなの関心を引きつけたか、一斉に阿久里に注目が集まった。

「同じだと？」

「じつは、夫が米相場に手を出したのです」

「あの定弐殿が！」

俊平が、あきれたように阿久里を見かえした。

松平定弐はきわめて気の多い性格で、なににでもすぐに関心を寄せるが、飽きっぽく、すぐに投げ出してしまうと、阿久里はつねに嘆いていたものだが、よりによって難しい米相場に手を出したとは。俊平も知らぬこととはいえ、あきれかえってしまい言葉も見つからなかった。

「それが、鴻池の番頭から誘われ、小口で始めたのですが、初めのうちこそそこそこ儲けていたものの、かえってそれが仇となり、今はどんどん負けが込み、藩の金にも手を付けてしまっているそうで、お父上さまからひどく叱られておられます」

「はて、困ったお方だの。負債はどれほどになっているのであろう」

「すでに、五百両を越えております」

「五百両――！」

俊平が思わず声をあげると、みなもあきれたように阿久里を見かえした。

「いったい、どのようにしてそれだけの大金を返すつもりであろうの」

俊平が問いかけても、阿久里にも答えられない。

「はい、それは……」

ついには進退きわまって俊平を見つめ、わっと泣きだした。

「これ、阿久里」

俊平は、阿久里の肩を取り慰めると、一座の若手がみな心配して伊茶をちらりと盗み見た。

「阿久里さま、そのようにお嘆きにならずとも、今からでも、米の投機はきっぱりとお辞めになり、借財は年百両ずつなり、お返しになっていけばなんとかなりましょう。そう、気を落とされますな」

吉野が間に立って慰めると、

「さいわい、父上もそう申されておられます。しかし、定式はすっかり気落ちし、なんだか見る影もなく……」

「そうか――」

俊平は、重い吐息をもらした。

「定式殿は、たしか鴻池の番頭に誘われたのであったな」

「はい、大坂本店の、ある番頭から誘われたと言っておりました。しかし、その番頭は、どうも怪しい男でございます。大坂の悪とつきあっているようす」

「うむ、それは怪しい。鴻池の番頭どもはみな怪しいわ」

女たちもみなうなずく。

「相場というものは、人を上手《じょうず》に乗せて、その上前《うわまえ》を撥ねるという、生き馬の目を抜くような世界なのだ。俊平、そなたが懲らしめた勘定奉行の神尾春央も、その手口であった。松平殿も、大御所も、早々に手を引いたほうがよいのではないか」

公方様喜連川茂氏が、真剣な表情でそう言えば、一座の若い者も青い顔になってうなずいた。団十郎一座の自前の芝居小屋の夢は幻と消えそうである。

と、館の表に人の気配があり、なにやら人が賑やかに騒いでいる。

大御所が、供の者を連れてやってきたのであった。

どかどかと大きな足音が廊下にあって、開いた障子の向こうに大御所の派手な顔がある。

「おお、みなさん。お集まりのようだね。いやァ、まったく思いがけない話になっちまって、困っていますァ」

大御所はそう言って、俊平や公方様、一柳頼邦を見かえし、頭を掻いた。

だが、その表情はけっこう明るい。

「今は、難しい相場のようだよ。しばらくようすを見ていたほうがいいかもね」

俊平が声をかけると、

「悔しいでさァ。こういう時にこそ、裏をかいて大儲けできることもありましょうが、こっちはまだ、それほど相場に慣れていねえし」

「餅《もち》は餅屋《もちや》だよ、大御所。みな儲けたいが、相場の技はそう簡単につくもんじゃない。一歩一歩さ」

俊平がうなずきながら言う。

「そうさな、大御所。万事強気のあんたも、休むということを知らなきゃ、相場は勝てないよ」

公方様喜連川茂氏が諭すように言えば、みなもうなずいた。

こうなると、江戸いちばんの人気者も子供のようである。

「それに、鴻池の番頭というのが、かなり悪そうだ」

「やっぱり、そう思いますかい、みなさん」

大御所が、真剣な眼差しでみなを見かえした。

「だって、定式さまだって、やられたっていうんだ。それに、鴻池は幕府の勘定方がついている。裏から操ってるって、評判だよ。せいぜい儲けたところで、上前を撥ねられるだけだろう。大した儲けにゃならない」

「でも、松平定式さまも初めのうちはねえ」

吉野が、阿久里を慰めるようにいう。

「いや、初めのうちは、甘い餌《えさ》で釣っておいて、後からどっさり持っていかれる、これが奴らのやり口らしいよ」

公方様喜連川茂氏にふたたび真顔で諭されて、阿久里もやはりそうか、と考え込んでしまった。

「大御所は、べつに欲深な人じゃない。博打が好きなだけだ。それに、今度の場合も、自前の芝居小屋を建てるのが夢だったのさ。その気持ちは、わからないわけじゃない。

だがねえ、知恵者は世間に五万といる。そいつらと競い合い、知恵を絞り合う相場世界だ。そう簡単じゃない」

俊平が、しみじみした口調で言えば、

「よくわかってるよ。みなさん。ご助言、ありがとう。しばらくようすを見ていることにする。堂島の鴻池には、しばらく休みと手紙を書くことにするよ」

「いい思い切りだ。そうこなくっちゃね。大御所」

俊平が、ちょっと萎《しお》れたうつむきかげんの大御所団十郎の肩をたたけば、

「でも、ずっと止めるわけじゃないさ。博打は大好きだ。あくまで、休むも相場ということさ」

また大目玉をむいて気勢をあげる大御所を、宮崎翁が笑って見ている。

大御所は、若い頃は賭場《とば》通いに明け暮れた。三度の飯より博打が好きなので、どうなるかはわからないと、宮崎翁も見ているのだろう。

「いやいや、大御所は、まったくもってあくまで強気なんだね。それで柳生様、奥州の飢饉だが、幕府の対策は」

大御所についてきた戯作者の宮崎翁が、真顔にもどって俊平に訊いた。

「幕府は西国の大名にまで米を買わせ、それを奥州に送ろうとしている。徐々にでは

あるが、飢饉は解決していこうよ。米は小口で少しずつ買っているので、急騰するまい」

「そいつはいい。江戸の庶民も、さんざん苦しんでいるところだ。このぶんなら、打ち壊しも、そろそろ峠《とうげ》を越えそうな」

一同を見まわして宮崎翁が言えば、みなの顔に一様に安堵の色が浮かんでいる。

「それにしても、相場は怖いもんだよ。突然なにが起こるかわからない世界だ」

一柳頼邦が、あらためて大御所を見て言った。

「奥州の飢饉は、誰も予想していなかったからね。いちばん早くそれを摑んだのが幕府役人、それも勘定方だ。奴らの動きで相場が決まった。彼らは、またうまく儲けたはずだ」

「その勘定方の神尾って野郎、なんとか罰せられないもんですかね」

大御所の付き人達吉が、眉をひそめて拳を握った。

「奴は真に悪い奴だ。だが役に立つ。上様も、そういう男はなかなか切れぬようだ」

俊平が、残念そうに言った。

「どうして?」

「今は、上様も財政改革にまっしぐらだからさ」

「畜生。悪党らめ、やり放題ですかい」

達吉は、悔しそうに拳で膝をたたいた。

「だが、監視の目はますます強くなってくるよ。勘定吟味役は、いずれ入れ換えとなるはずだ。京都東町奉行所もな。それに、鴻池の動きは、当然のことながら厳重な監視を受けるだろうな」

「そうでなくちゃあ、世の中、お先真っ暗でさあ。米商人の好き勝手ばかりがまかり通るものじゃねえ」

達吉は、うなずくようにそう言ってから、

「でもねえ、このぶんなら商人はますますのし上がっていくよ。どんどんねえ。そのぶんお侍がかわいそうだが……」

妙に武士の肩をもつ達吉を、俊平も公方さまも一柳頼邦もじっと見つめている。

「おぬし、なかなか世の中の動きをよう見ておるな」

俊平が達吉の顔をのぞき込むようにして言った。

「まあ、あっしも、芝居の世界に飛び込んで、はや十余年。その間、町人の勢いをつぶさに見てまいりました。米価は、もう幕府は口出しできませんや。これからも、商人がもっともっと強くなると踏んでおりますよ」

「そうか。まあそれも、世の趨勢《すうせい》だ。ああいう、風変わりな男も出て来たのだからな」

俊平は、団十郎一座で立ち廻りの真似ごとを始めた鶴次郎を顎でしゃくった。

「立ち廻りの先生で相場師の剣術遣いか。これは、愉快だ」

公方様喜連川茂氏が笑いながら言う。

「先生方、なにか、私におっしゃりましたかい」

鶴次郎が、ふとこちらを向いて俊平に訊ねた。

ただ笑っている俊平に代わって、大御所が身を乗り出した。

「おれも、負けずに新しい芝居を開始することにするよ。舞台の改革をしたいと本気で思っている。協力してくれまいか」

大御所が力強く鶴次郎に言えば、

「へえ、どんなことだい」

一柳頼邦が、興味ありという顔で問いかえした。

「たとえば舞台が廻りだすとか、地の底から人が迫り出してくるとか」

大御所が、首をかしげて考えながら言った。

「へえ」

みなが、面白そうにうなずくと、

「そいつは、おおいに愉快だねえ。そんな仕掛けができるといいな」

俊平もすっかり感心した。

「さあて、今日は米の相場がようやく落ち着きを見せてきたので、お米中心においしいお総菜を食べていただきますよ」

台所からもどってきた綾乃が、ぐるりと男たちを見渡すと、女たちに手際よく指図をして、みなの前に酒膳を並べはじめた。

新鮮な刺身類に混じって若手のつくった素人包丁の料理も並ぶ。蕪《かぶ》の風呂《ふろ》吹き、蜆《しじみ》の黒和《くろあ》え、玉子いり出し、酒肴《しゅこう》にもおかずにもなる畳鰯《たたみいわし》の酢の物や、焼き烏賊《いか》の木の芽和えもあるらしい。

「それでは、奥州の飢饉が終焉に向かうことを祈って、このあたりでいつものように大御所に中締めの音頭を取っていただきましょう」

綾乃が一同を見まわして声をかければ、

「また、あっしですかい」

大御所が、苦笑いして首を撫でた。

「大御所以外に、いったい誰がいるんだね。あんたのような華やかで押し出しのある人が、邪気を振り払ってくれないと、世の低迷はいつまで経っても解消しねえ。大御所のひと睨みは値千金《あたいせんきん》さ」

俊平が笑って大御所の肩をたたけば、そうだ、そうだとみなの間に歓声があがる。

「それじゃァ、不肖、市川団十郎が音頭をとらせていただきます」

大御所が盃を取って大見得を切れば、

「みなさん、江戸のますますの繁栄を願って」

大御所が、猪口を高く掲げて声をあげた。

「幕府も、町人も、みんな大繁栄！」

めずらしく、鶴次郎が声をあげる。番頭仲間ではこんな調子で声をあげているのだろう。

「加賀藩の大槻伝蔵も、柳生藩も、久松松平家も、みなますますの繁栄を願って」

俊平が叫ぶ。

またみなが一斉に猪口をあげた。

「堂島の米相場に」

次に一柳頼邦が声をあげれば、

「えっ」

と、阿久里は顔を歪めたが、

「まあ、よいよい。あそこがなければ、米の値が定まらぬのだ」

俊平が阿久里に微笑みかければ、

「とにかく、この国の繁栄に」

茂氏が声をあげれば、阿久里も遅ればせに盃を上げる。

「それじゃあ、みなさん、ヨォー」

「シャンシャンシャンシャシャシャン、シャシャシャシャン、シャン」

大御所が一本締めを三度繰り返すと、みなも、それぞれに手を打つ。賑やかな酒盛りはさらにたけなわとなって終わりそうもない。

時代小説

二見時代小説文庫

# 百万石《ひゃくまんごく》の賭《か》け　剣客大名《けんかくだいみょう》 柳生俊平《やぎゅうとしひら》 12

著者　麻倉一矢《あさくらかずや》

発行所　株式会社 二見書房
東京都千代田区神田三崎町二-一八-一一
電話　〇三-三五一五-二三一一［営業］
〇三-三五一五-二三一三［編集］
振替　〇〇一七〇-四-二六三九

印刷　株式会社 堀内印刷所
製本　株式会社 村上製本所

落丁・乱丁本はお取り替えいたします。
定価は、カバーに表示してあります。

 ISBN978－4－576－19062－4
https://www.futami.co.jp/

# 麻倉一矢

## 剣客大名 柳生俊平 シリーズ

将軍の影目付・柳生俊平は一万石大名の盟友二人と悪党どもに立ち向かう！ 実在の大名の痛快な物語

以下続刊

① 剣客大名 柳生俊平 将軍の影目付
② 赤鬚の乱
③ 海賊大名
④ 女弁慶
⑤ 象耳公方《ぞうみみくぼう》
⑥ 御前試合
⑦ 将軍の秘姫《ひめ》
⑧ 抜け荷大名
⑨ 黄金の市
⑩ 御三卿の乱
⑪ 尾張の虎
⑫ 百万石の賭け

### 上様は用心棒

完結

① はみだし将軍
② 浮かぶ城砦

### かぶき平八郎荒事始

完結

① かぶき平八郎荒事始 残月二段斬り
② 百万石のお墨付き

二見時代小説文庫

# 沖田正午

## 大仕掛け 悪党狩り

シリーズ

以下続刊

### ① 大仕掛け 悪党狩り 如何様大名

新内流しの弁天太夫と相方の松千代は、母子心中に出くわし二人を助ける。母親は理由を語らないが、身の振り方を考える太夫。一方太夫に、実家である江戸の様々な大店を傘下に持つ総元締め「萬店屋」を継げとの話が舞い込む。超富豪になった太夫が母子の事情を調べると、ある大名のとんでもない企みが……。悪徳大名を陥れる、金に糸目をつけない大芝居の開幕！